U0481407

黄传会 著

国家的儿子

北方联合出版传媒（集团）股份有限公司
春风文艺出版社
·沈阳·

© 黄传会　2014

图书在版编目（CIP）数据

国家的儿子 / 黄传会著 . — 沈阳：春风文艺出版社，2014.1
ISBN 978-7-5313-4582-4

Ⅰ.①国… Ⅱ.①黄… Ⅲ.①报告文学—中国—当代 Ⅳ.①I25

中国版本图书馆CIP数据核字 (2014) 第013826号

国家的儿子

责任编辑	韩忠良　常　晶　张玉虹
责任校对	于文慧
整体设计	王红卫　李明山
内文版式	郝望舒
封面手书	欧阳中石
成品尺寸	155mm×230mm
字　　数	200 千字
印　　张	12.5
印　　数	1—30 000 册
版　　次	2014 年 1 月第 1 版
印　　次	2014 年 1 月第 1 次
出版发行	北方联合出版传媒（集团）股份有限公司
	春风文艺出版社
地　　址	沈阳市和平区十一纬路 25 号
邮　　编	110003
网　　址	www.chinachunfeng.net
购书热线	024-23284402
印　　刷	辽宁奥美雅印刷有限公司

ISBN 978-7-5313-4582-4　　　　　　　　　　　　定价：35.00元

常年法律顾问：陈光　版权专有　侵权必究　举报电话：024-23284391
如有质量问题，请与印刷厂联系调换。联系电话：0414-4871130

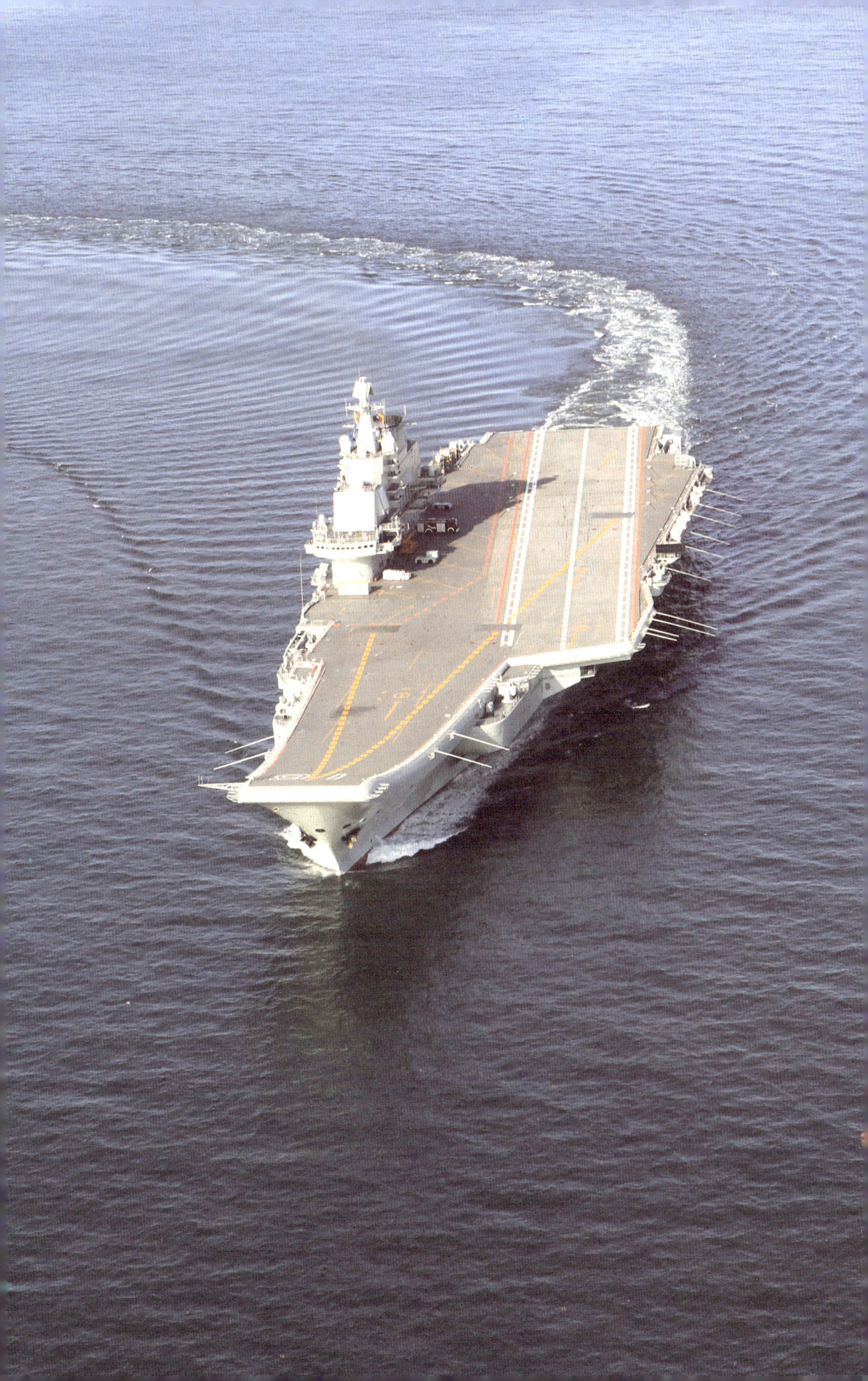

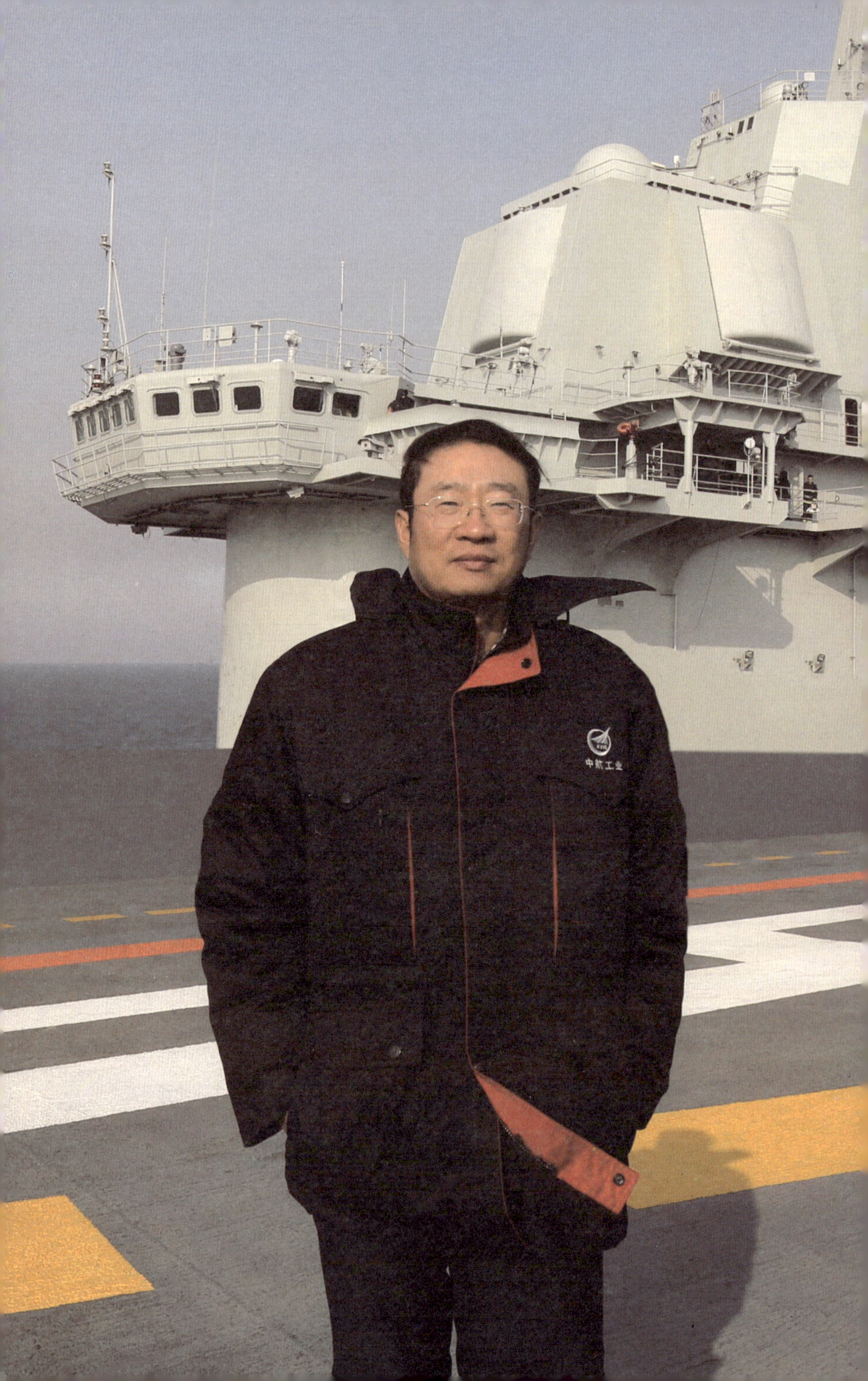
中航工业

谨以此书
献给罗阳与共和国的航空人们

国家的儿子 | 目　录 Contents

001　　引子

003　　第一章　生命的最后时刻

025　　第二章　壮行

045　　第三章　撒开了是满天星

061　　第四章　坚守

083　　第五章　"七匹狼"故事

099	第六章 新官上任不烧火
113	第七章 一切为了航母
133	第八章 生命线
145	第九章 本色
167	第十章 英魂永驻海天
184	后记
190	主要参阅书目

引 子

罗阳说:
沈飞是共和国航空工业的"长子",
长子,
就要勇于挑重担,
敢于负责任,
就要干出个长子的样子来!

我们说:
罗阳是国家的儿子,
为了国家的强大、民族的复兴,
他殚精竭虑,
死而后已……

第一章

生命的最后时刻

2012 年 11 月 18 日

直升机像海鸥一样在茫茫海天飞翔。

机翼下的海水颜色逐渐由土黄变为墨绿，再由墨绿变成深蓝。

"辽宁舰就在左前方！"随着领航员的声音，透过舷窗，中航工业沈阳飞机工业（集团）有限公司董事长、总经理，歼15舰载机研制现场总指挥罗阳，在万顷碧波间看见了一个长方形的"盒子"。飞行高度在逐渐降低，长方形的"盒子"慢慢变成了航空母舰的轮廓……

罗阳双眼一眨不眨地盯视着中国第一艘航空母舰辽宁舰，只觉得有一股热流在心头翻涌，那是渴望已久的热流，那是积蓄已久的热流！

前一晚从珠海参加完第九届国际航空航天展览会飞回沈阳时，已经是夜幕四合、万家灯火。

十几天没有回家了，下了飞机，他给妻子王希利发了条短信，说自己连夜要去外地执行一项重大任务，今晚不能回家了。这么些年，妻子已经习惯了他的这种工作方式，只要他说"执行任务"，便知道是保密的，不会多问，何况这回他说是"执行重大任务"。王希利只回了三个字："多保重！"

出了候机楼大厅，罗阳禁不住打了个寒战。离开珠海时，气温是零上十几度，到处荡溢着绿意。沈阳此刻却是寒风凛冽，滴水成冰。

接过司机小王递过来的大衣，罗阳说："走，直接去基地！"

小王一愣，说："您走了十几天了，不先回家瞅一眼？"

"今晚不行了，明天一早就要上舰。"

"我前天去看望老人，老人还问您什么时候回来呢，想儿子了……"

罗阳不言语了，片刻，又问："我走的时候她感冒了，现在好利索了吗？"

小王答道："差不多好了，能下楼走动了。"

罗阳默默无语。小王知道老总心里最牵挂的是老母亲。

小王掉转车头驶上高速公路，他通过后视镜看见罗阳斜靠在后座上，满脸疲惫，不久，便传来轻微的鼾声。太累了！小王十分心疼自己的老总，不由自主地放慢了车速，他想让老总好好休息片刻。

"小王，怎么这么磨叽？"后座传来了罗阳的声音。

"100多迈了。你睡一小觉吧。"小王打着马虎眼。

"别蒙我了，现在最多也就80迈。加点速，赵光亚他们还在等着呢。"罗阳说。

小王不得不轻轻地踩了下油门。不当家不知道柴米贵，一个16000人的大企业的老总，有着永远操不完的心。更何况，他当老总的这五年，是多个型号新型飞机的研制现场总指挥。细心的小王发现，时间对于老总来说永远是不够用，这两年老总脸上的笑容少了，头发也稀疏了。

午夜，罗阳马不停蹄地赶到舰载机综合训练基地。沈飞公司派到基地的歼15上舰保障工作组组长赵光亚总师助理和几位技师还在等待，罗阳详细地了解了参训飞机技术状态后，执意要去看看飞机。

机库里，停着几架米黄色歼15。罗阳放慢脚步，从一架架战鹰前经过，两眼深情地注视着它们，再过几天，这些"空中飞鲨"将赴辽宁舰执行起降试验任务，此举成功与否，其意义不亚于去年辽宁舰首航。

罗阳又对赵光亚交代了一番，最后叮嘱说："拜托了，一定要做到万无一失！"

清晨，天刚蒙蒙亮，罗阳便忙开了，不停打电话，协调解决各种问题。

早餐后，他再次了解了歼15的状态，将情况向中航工业董事长林左鸣、副总经理李玉海做了汇报。

上午9时，罗阳他们登上了飞往辽宁舰的直升机。

直升机继续在降低高度，一个"海上巨无霸"突然在左下方呈现。随着机身的大坡度转弯，罗阳觉得海面像要倒立过来似的，全身的血液都在往上涌……

直升机再次调整飞行高度，对着辽宁舰着落区飞去，几秒钟后，准确地在1号黄色圈内着陆。

歼15总设计师孙聪那敦实的身材第一个出现在机舱口旁。孙聪拍着罗阳的肩膀，开起了玩笑："宝贝'女儿'马上就要出嫁了，等着你这当'父亲'的来参加盛典呢！"

罗阳回了句："有你总师在，我还有什么不放心的！"

"你们俩一个总师、一个沈飞研制现场总指挥，缺了谁都唱不成戏！"一旁，辽宁舰试验试航指挥部总指挥、海军副司令员张永义中将禁不住打趣。

什么是型号研制现场总指挥？型号研制现场总指挥是某型号飞机设

计完成后，负责一切生产、调试、总装、试飞等任务的"行政总管"，它意味着，具体到一颗螺丝钉是否安装到位都需要他负责。

　　罗阳与张永义将军也是老朋友了，张永义第一次到沈飞公司考察时，

11月18日上午9时，罗阳同志在辽宁兴城乘直升机准备前往辽宁舰

11月18日上午11时27分　罗阳在"坚决完成歼15飞机上舰任务"横幅上签字

歼15一号机还在总装厂。这位飞行员出身的将军，围着一号机前后左右仔仔细细地看了个遍，禁不住满脸喜悦。他在提了几个非常专业的问题后，问罗阳："罗总，你们航空人把航母比作勇士，把舰载机比作勇士手中的一把利剑。我们的航母即将下水了，你们什么时候把'利剑'交到我们'勇士'的手中？"罗阳说："航空人绝对不会拖后腿，一定按期完成任务！"将军问："敢立军令状吗？"罗阳回答得非常认真："军人面前无戏言！"

此时，在航母上与将军相见，罗阳分外喜悦，他说："张副司令，航空人说话算数吧？"

"算数，非常算数！让我们一起把接下来的这场举世瞩目的大戏唱好！"将军朗声应和。

11月19日至21日

200×年×月，中央正式批准航母工程立项。此后不久，与航母配套的舰载机工程也紧锣密鼓地上马。

2007年，罗阳出任沈阳飞机工业（集团）有限公司董事长兼总经理。历史将机遇与重任交给了沈飞公司，同时也交给了罗阳。还记得在被誉为"空中飞鲨"的歼15舰载机的生产开工仪式上，罗阳情深意切地对员工们说："……这不是一个普通的型号，这是专门为我国第一艘航母量身定制的舰载战斗机。中华民族期盼航母已经整整百年，海军官兵等待这一时刻也已经等待了半个多世纪。今天，党和人民把这一重担放在了我们这一代航空人肩上，面对国防和军队现代化建设的迫切需要，我们要有强烈的责任感、使命感，同时要有只争朝夕的紧迫感。沈飞公司是共和国航空工业的'长子'，既然是长子，就要勇于挑重担，敢于负责任，就要干出个长子的样子来！"

五年艰难拼搏！

五年殚精竭虑！

舰载机在航母上起降，历来被认为是航母形成战斗力的重要标志。在航母服役之后，舰载机的起降训练是航母训练的重中之重。舰载机的起降训练一般包括"通场试验"、"模拟着舰试验"和"实际着舰试验"。罗阳上舰之前，歼15已经完成了数以千计的"通场试验"和"模拟着舰试验"，这一次，将进行"实际着舰试验"。

作为舰载机沈飞研制现场总指挥，在飞机已经完成研制工作并移交试飞中心后，罗阳原本可以不用上舰。但他放心不下自己的产品，如同母亲牵挂着自己的孩子。能否成功着舰是舰载机试验最关键的一步，罗阳想通过自己零距离的现场感受，为后续的飞机调试、定型、批量生产积累经验。

上舰后，舰上的副航空长李晓勇便带着罗阳走遍了航空部门的每一个岗位，他指着身穿不同颜色服装的舰面人员，告诉罗阳："这些官兵头盔、马甲、长袖套衫的不同颜色以及后背不同的符号和图案，表明他们各自不同的战位和职责。比如，绿色代表起降和飞机维修战位，红色代表危险和安全管控战位，紫色代表燃油补给战位，等等。由于航母独特的环境，舰载机飞行员与舰面人员的交流，还必须靠特种动作来完成。仅起飞动作就需要65个流程，任何一个流程都容不得半点差错。"

李晓勇带罗阳来到起降电视监控室。视频记录监控员为罗阳放映了歼15在"通场试验"、"模拟着舰试验"时的实时影像：海空之间，身姿矫健的歼15，低空或超低空以排山倒海之势，一次次从辽宁舰的后部飞入并从空中通过甲板……看着视频上歼15的各种起降状态及相应参数，罗阳的脸上露出了难得的笑容。

李晓勇在一旁赞扬道："'空中飞鲨'是个棒小伙儿，每个动作都近乎完美！"

在后甲板，罗阳遇到了起飞区队长张乃刚和起飞助理陈小勇。

航母飞行甲板，是"世界上最危险的4.5英亩"。而在甲板上放飞舰载机的飞行助理，被称为是世界上最勇敢的人。作为航空专家的罗阳比谁都清楚,舰载战斗机在离舰的瞬间,一旦偏移起飞跑道,它所产生的巨大的尾喷,可将挨得最近的起飞助理吹进海里;而万一温度高达上千摄氏度的尾喷流扫到人体,后果更是不堪设想。因此,舰上在选拔飞行助理时有个规定:必须是本人自愿。李晓勇告诉罗阳,当初,舰领导问陈小勇:"你在考虑这项工作时,想过它的危险性了吗?"陈小勇沉着地回答:"我当然考虑过!自1986年以来,仅某大国就有28名起飞助理牺牲在岗位上……而且,我们的舰载战斗机还处于试验阶段,风险比国外同行更大。我很清楚,选择这一专业,便意味着将用自己的生命去探险,去为我们的航母事业开路!国家的需要,永远是我们航母舰员的第一需要!"

罗阳握着陈小勇的手,感动地说:"辛苦啦,小伙子,谢谢你们啊!"

陈小勇连忙说:"不,罗总,首先应该感谢你们,是你们把这么棒的飞机交给了我们!"

那几日,白天,罗阳手里拿着小本子,逐个细致地检查航母上的所有监测点,不放过任何一个系统的检测;晚上,他又参加海试协调会,及时和参试人员沟通情况。罗阳还走访了海试指挥员、军代表和航空部门的官兵,询问他们对今后舰载机的发展需求和全寿命周期保障的要求,他为"空中飞鲨"后续保障工作提前在做准备。

11月22日

030207——这是罗阳上舰后住的房间,一个只有6平方米的狭小空间。

晚上的海试协调会是由张永义副司令员亲自主持的,足见其分量。军、地各方的代表一一走进会议室,大家只用目光彼此交流了一下,谁也不敢作声。

各方的汇报限定在5分钟内,言简意赅,皆是有备而来。

张永义神情严肃地听着,待汇报完毕,他站了起来,用鹰一般的双眼将会场扫视了一遍后,说:"明天上午9时,航母舰载战斗机首次着舰起飞的大戏,将正式拉开大幕。这是第一代航母人期盼已久的一个日子,这是所有海军官兵和 50 万航空人期盼已久的一个日子,这同时也是我们中国人期盼已久的一个日子,它将载入共和国的史册。该说的话我都说了,最后我再送大家 8 个字:精心准备,万无一失!"

夜深了,罗阳却辗转反侧,无法入眠。

张副司令员的话语又在耳旁回响:"这是所有海军官兵和 50 万航空人期盼已久的一个日子!"

辽宁舰 030207 舱室,罗阳生命中最后的 8 天 7 夜在这里度过
他生前最后一次与妻子通话说:"我的任务完成了,我很欣慰。"

是啊，三代航空人半个多世纪来创业图强、呕心沥血，为的就是这一天！

思绪飘荡，浮想联翩。此时，罗阳想起了一个长者——我国飞机设计领域的奠基者和开拓者之一叶正大将军。叶正大是先烈叶挺将军的长子，1948年东北解放后，党中央将叶正大和他弟弟叶正明以及李鹏、邹家华等20余名烈士遗孤送到莫斯科留学。叶正大进入莫斯科航空学院飞机设计与制造专业学习。

1950年，毛泽东主席和周恩来总理到莫斯科访问时，在中国驻苏联大使馆举办的春节联欢晚会上，接见了新中国首批留苏学生。毛主席逐个询问了他们所学的专业，他们中有学物理的、学电力的、学机械的，还有学经济的。毛主席脸上露出了满意的笑容，说："我们刚刚诞生的人民共和国，百废待兴，正急需你们这样的人才啊！"毛主席听介绍说叶正大是叶挺将军的儿子时，连忙拉过他的手，问他的生活情况和学习的专业，叶正大自豪地回答："主席，我是学飞机设计与制造的。""哦，是学造飞机的，好啊！好啊！不久的将来，我们也要造飞机。"毛主席非常高兴。叶正大掏出一个事先准备好的笔记本，"主席，请您给我题个词好吗？"毛主席愉快地答应了，随即在本子上写下了"建设中国强大的空军"几个字。

1955年，叶正大以优异成绩从莫斯科航空学院毕业后，立即投入到新中国的航空建设事业。他曾参与了我国第一架自行设计制造的喷气式军用飞机歼教1型飞机的设计工作，后又多年从事我国国产军用飞机的设计和领导工作。

2012年"八一"，罗阳在北京开会时，专门去看望了正在住院的叶正大将军。

尽管穿着病号服，但将军的腰身永远是板直的，一见面，他便关切地问罗阳："你们的'空中飞鲨'表现如何啊？"

罗阳告诉将军："已经飞了几千个起降了，目前正在进行'通场试验'和'模拟着舰试验'，按计划11月将进行'实际着舰试验'。"

将军脸上露出了满意的神色,说:"我们几代航空人苦苦奋斗了半个多世纪了,就等着这一天的到来啊,也只有舰载机成功起降,我们的辽宁舰才能说是一艘真正意义上的航母。"

告别时,将军拉着罗阳的手,一再叮嘱:"任重道远,任重道远!"

夜海茫茫,罗阳的思绪依然在茫茫夜海中穿行……

他想起了几个年轻人,一个星期前,在珠海参观航展时邂逅的几个年轻航空发烧友。

当时,罗阳正在俄罗斯展区的一架苏35战机旁观望,几个年轻人围了过来。

一个细高个小伙子问:"您是沈飞公司的罗总吧?"

罗阳反问:"咦,你怎么知道的?"

细高个小伙子说:"我们在网上早看过您的照片了。"说罢,从背包里取出一张照片,说:"罗总,请签个名留念吧。"

罗阳接过照片,他有些奇怪,对方怎么会有自己的照片。

一旁的胖小伙子说:"网上早有您的照片了,罗总。"

罗阳笑着说:"好啊,小伙子,要是在过去,你就是个'间谍'了。"

胖小伙子说:"罗总,我们关心祖国的航空事业,不好吗?"

"好!好!我们国家的航空事业需要有更多的人关心,特别欢迎年轻人加入到我们队伍中来。"罗阳说。

这时,几个小伙子面对罗阳,七嘴八舌地提开了问题:

"罗总,歼15什么时候正式上辽宁舰?"

"歼15能与美国的F-18相对抗吗?"

"罗总,听说我们的四代机已经上天了?"

"罗总,我国隐形战机发展前景如何?"

…………

有些问题罗阳给予了回答;有些问题出于保密原因,不好作答。

细高个小伙子又问:"罗总,您怎么评价我们国家航空工业与西方航空强国之间的差距?"

罗阳想了想,说:"我借用我们中航工业董事长林左鸣的话来回答你们这个问题吧。林总说:如果说过去我们与西方航空强国相比是望尘莫及的话,经过十几年的努力,到2005年前后可以说是望其项背,而今天,我们正在向着同台竞技努力!"

小伙子们听得非常带劲和兴奋,他们说:

"罗总,我们为你们加油!"

"罗总,我们祝你们成功!"

多可爱的年轻人啊,罗阳在心里赞道……

睡意全消,罗阳索性起床,穿过走廊,顺着梯子,来到舰岛平台上。

已经许久没有如此真切地仰望过夜空了,或者说被污染了的都市的夜空根本无法真切地仰望。今夜,一轮明月悬挂半空,清辉如瀑,衬托着航母雄伟、威武的轮廓。

身后传来了轻轻的脚步声,罗阳觉得有几分熟悉,紧接着,一个身

罗阳与孙聪

影出现了，罗阳喊了声："孙聪！"

"你怎么在这里？"孙聪迎了过来。

罗阳说："睡不着啊，上来吹吹风。"

"紧张了吧？"孙聪调侃道。

"你呢，你怎么也不睡？也紧张了？"罗阳笑了。

"不是紧张，是激动！"孙聪纠正道。

罗阳应声："对，实在是无法平静！"

孙聪与罗阳有着不平常的交情，他俩被戏称为"四同"：同年出生；毕业于同一所大学——北京航空航天大学；几乎是前后脚进入同一个工作单位——沈阳飞机设计研究所；同在一个领导班子里共过事。以此计算，他们已经有着整整30年的深厚情谊。尽管2002年罗阳调离沈阳所，出任沈飞公司党委书记（2007年改任沈飞公司董事长兼总经理），但这两个主机厂、所的工作任务，依然是紧紧相连、密不可分。特别是近5年来，孙聪是歼15的总设计师，罗阳是该型号的研制现场总指挥，一个负责设计，一个负责生产，共同的任务和使命更将他们紧紧地连在了一起。

就如同没有相同的绿叶一样，他俩的性格也完全不同。罗阳稳重、低调、内向；孙聪直率、热烈、睿智。罗阳经常说："孙聪，你们怎么设计，我们就怎么生产。"而孙聪最怕的是接到罗阳请他"坐坐、吃顿饭"的电话，罗阳请他"坐坐、吃顿饭"，一定是某个设计环节或细节与生产发生矛盾了，又要修改了，罗阳却又不直说。摸透了罗阳的脾气，再有这样电话，孙聪便会说："你是哥，我是弟，哪有哥请弟的，我来请，我请你吃饭。"有时罗阳还会耍"赖"："孙聪，这一处无论如何得修改，反正你满脑子都是智慧，你想招儿吧！"

明月不知什么时候躲进了云层，几颗星星在天顶闪烁。

"尽管从来没有打过仗，不过，现在我也已经感受到当冲锋号即将吹响时，趴在战壕里的战士会是怎样的一种心情了……"孙聪像是自言自语。

"亢奋、热切，同时又充满着必胜的信心！"罗阳说。

"不过，这可不是一场普通的战斗！"孙聪在袒露自己的心怀。

"所以，既渴望，心里的压力又特别大！"罗阳激情澎湃。

"哗——哗——"

"哗——哗——"

涨潮了，可以听见浪头拍打船舷发出的令人激奋的涛声……

11月23日至24日

雪霁初晴，朝霞满天。

辽宁舰劈波斩浪向预定海区驶去。

罗阳和几位航空专家早早就来到舰岛三层的连廊上，这里距离甲板上的飞行跑道只有三四十米。罗阳觉得自己像是一位走进高考考场的考生，他是代表50万航空人来填写这份答卷的，心情难免无法平静……

"各部门注意：03号试飞员驾驶333号歼15战机，已于××起飞，预计××临空！"飞行塔台的广播响了。

我国航母舰载战斗机首次着舰起飞惊天大戏的帷幕拉开了，被称为是"刀尖上的舞蹈"即将开演。这的确是一场"刀尖上的舞蹈"：高速飞行的战机，必须精确地降落在后甲板跑道上的4根阻拦索之间，而每根阻拦索间隔只有××米，整个有效着陆区域仅为××米。

此时，辽宁舰的飞行甲板上，各个岗位的官兵都已经就位。看不到忙乱的场景，然而从官兵的神色中，人们感受到一种无形的紧张。

舰载机的试飞员不仅是"舞"者，更是勇士。

选拔首批试飞员堪比航天员，某些条件甚至更为严苛。他们年龄在35岁以下，飞过至少5个机种，飞行时间在1000小时以上，其中三代机飞行时间超过500小时，且多次执行过军兵种联演联训、重大演习任务。

第一架歼15交付海军后，沈飞公司便派出了保障工作组，为舰载机提供维修、保养服务，罗阳也多次深入基地，向首批03、05、07、09、

11号等试飞员和着舰指挥官了解飞机使用情况。

低空大速度、失速尾旋以及上舰技术攻关和实现首次着舰……试飞员们面对技术风险和安全风险的双重压力，一次次向极限发起挑战！

一次，罗阳在基地做调研，正好赶上大速度挂索试验。

03号试飞员启动飞机，滑跑、加速，以200公里的时速向前冲刺。当时，机场尚未开放，跑道两旁的堆积物还没清理，一旦试验失败，飞机冲出跑道将直接威胁飞行安全。

为确保试验安全，指挥部决定滑跑抬前轮，采用两点钩索的方式进行。试验时，03号试飞员按下旋钮，飞机放下尾钩，挂索！一瞬间，他只觉得浑身热血往头部涌，眼前一片模糊，仿佛撞在了厚厚的"棉花墙"上。很快恢复意识后，他发现飞机已经停在了跑道上。陆地大速度挂索成功！

为了这个试验，03号试飞员已经挑战了无数次的生理极限。

罗阳曾万分感慨地对员工们说："舰载机不仅仅是我们生产出来的，它同时还是试飞员们用自己的生命'飞'出来的。"

"各部门注意：333号即将临空！"

飞行塔台的广播又响了。

罗阳手搭凉棚向右前方瞭望，其实他不是在瞭望，而是在侧耳细听，随着从远处传来的熟悉的低沉的轰鸣声，海天之间一个黑点儿，正在朝航母移动。就像熟悉自己的孩子一样，他一下便判定那是"空中飞鲨"。

轰鸣声越来越大，已经可以看清楚"飞鲨"矫捷的身影。绕舰一转弯，二转弯，放下起落架，放下尾钩，03号试飞员娴熟地操纵着战机，调整好姿态飞至舰艉后上方，进入"下滑道"，迅速下滑……

罗阳觉得自己的心揪紧了，热血一个劲儿地在翻滚。他知道03号试飞员这一"着"，不仅在考验试飞员的心理素质与技能，同时也在考验舰载机的性能与质量。

9时08分，惊心动魄却又精彩万分的一幕出现了：

500米……300米……100米……

在震天动地的轰鸣声中，"空中飞鲨"的两个主轮在触到航母甲板

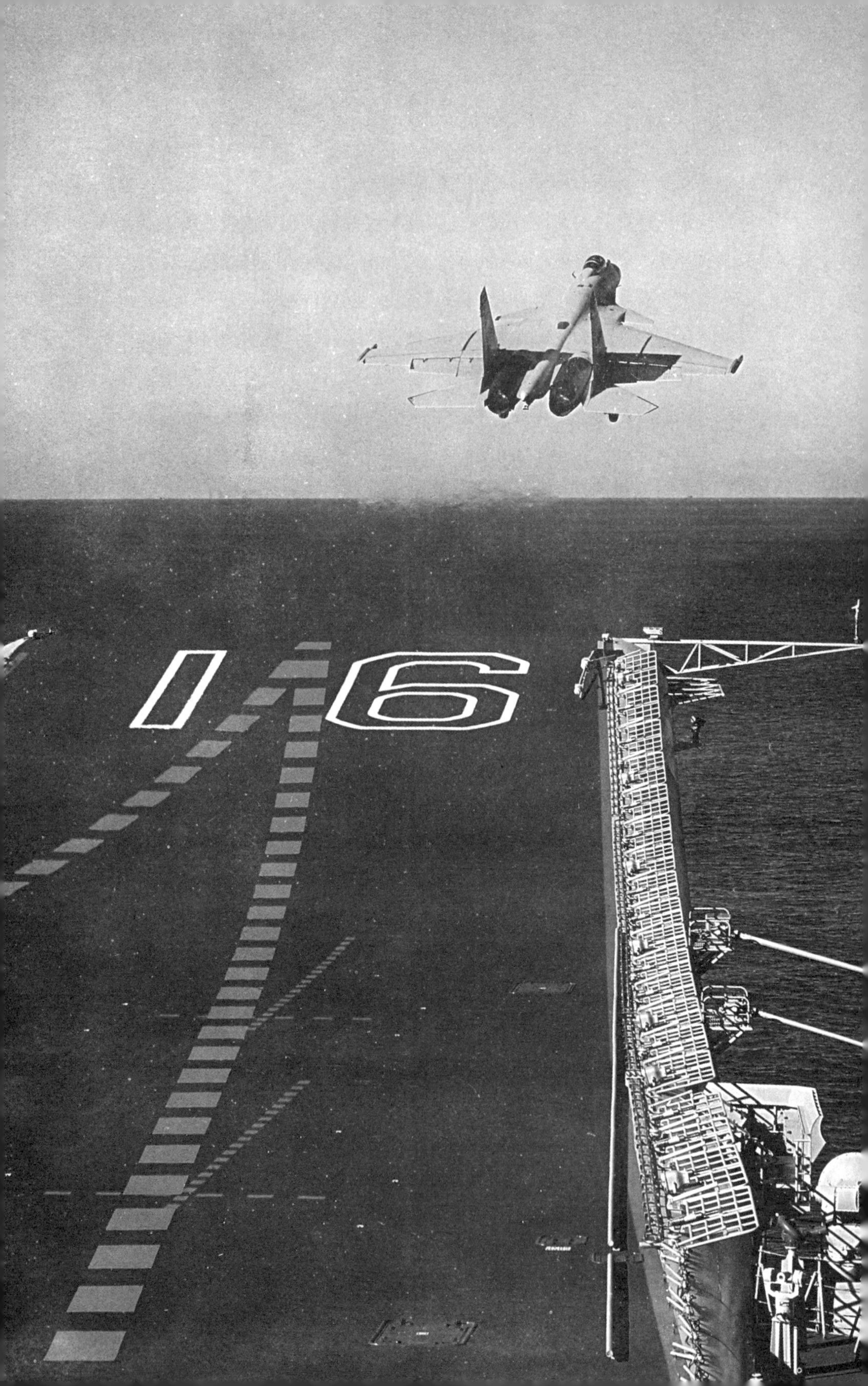
16

的同时，机腹下的尾钩牢牢地钩住了甲板上的第二道阻拦索。刹那间，疾飞如箭的"空中飞鲨"，在阻拦索系统的作用下，滑行数十米后，平稳地停了下来。

"成功啦！"

"成功啦！"

舰岛上发出了一片万分热烈的欢呼声。

有人在拥抱，有人将工作帽高高地抛向天空。

罗阳和孙聪的手紧紧地握在一起。

"非常完美！"

"完美收官！"

忽地，孙聪把手抽了出来，说："你的手心怎么全是汗？"

罗阳说："你不看看自己的手心，不也是汗淋淋的！"

两个人一起摊开手掌，都笑了。

机舱门打开了，03号试飞员发现了人群中的孙聪和罗阳，便竖着大拇指，对他俩说："孙总师，罗总，'空中飞鲨'太棒了！感觉好极了！"

半个小时后，779号试飞员驾机滑行至起飞位。

位于机位右侧的两位起飞助理，拉着弓步，右臂指向前方，发出了起飞指令。第二天，这个利索、潇洒的动作通过电视被国人争先模仿，演绎成风靡全国的"航母STYLE"！

779号试飞员驾驶着战机冲向舰艏，以雷霆万钧之势，跃过滑跃14°甲板，猛地仰头拉起，直插云天……

50分钟后，又有一架"空中飞鲨"在辽宁舰着舰并滑跃起飞。

17时，罗阳参加了航空口的例会。

他拿到了厚厚一沓数据表，将关键数据记在小本上。机械系统，正常！航电系统，正常！液压系统，正常！他高兴地在心里说了声："行！"

24日，精彩的"刀尖上的舞蹈"还在海天间继续，又有3架"空中飞鲨"在辽宁舰着舰并滑跃起飞。

令人魂牵梦萦的歼15舰载机成功着舰、滑跃起飞，这是我国海军和

罗阳在舰上

航空工业发展史上的一个重要里程碑，标志着中国航母工程取得了决定性胜利。

16时15分，罗阳给妻子报过平安，挂断电话后，精神一放松，他突然觉得真累了，胸部也隐隐发闷。他慢慢走回房间，靠在床上，摸摸嘴角，不知道什么时候，嘴上竟然长出一大片口疮。

平日晚饭后，罗阳都要与大伙到甲板上吹吹海风，散散步。当晚，甲板上没见罗总的身影。

大家却都沉浸在喜悦之中……

11月25日

上午8时，快离舰了。

住在罗阳隔壁的中航工业沈阳黎明发动机（集团）有限责任公司董事长兼总经理孟军，整理好行李后，忽然想起早晨好像没看见罗阳去吃早餐。他走到隔壁，推开虚掩着的门，只见罗阳斜靠在被子上，右手搭在胸前，脸色发黄，微微闭着两眼。

孟军吓了一跳，连忙迎上前，问道："罗总，你怎么啦？"

罗阳轻声回答："我有些不舒服，胸口发闷。"

"要不要请舰上的医生来看看？"孟军关切地问。

罗阳摆了摆手，"这时候大家都忙，不要麻烦人家了……"

此时，码头上传来了阵阵锣鼓声和欢呼声，人们在等待迎接英雄凯旋。

孟军还是觉得不放心，又说："还是请医生来看看吧？"

"不必了，马上靠岸了，上岸以后再说吧。"罗阳坐了起来。

孟军说："罗总，你别动，我去喊人来帮你提行李。"

片刻，孟军和两位同事一起来到房间。他们要扶罗阳，却被罗阳拒绝了。

上舰这些日子来，罗阳他们上甲板，一般都是顺着梯子走，可这次罗阳自己提出来要乘电梯。

人们实在是太疏忽了！

后来，孟军愧疚万分，他说："如果当时我坚持把医生请来，或许悲剧有可能避免……"

也有医生分析，那个时候，罗阳的心脏已坏死百分之七八十，他是以钢铁般的毅力在做最后的坚持。

罗阳下舰，满脸疲惫

电梯将他们送上主甲板，阳光明媚，罗阳看见沈飞公司的谢根华书记和一些职工代表，正在码头旁朝自己招手，他只能努力回应疲惫的微笑。

罗阳的双腿像灌了铅似的，拖着沉重的身子，一步一步慢慢走下舷梯。

谢根华在舷梯旁迎候。几步外正在摄像的摄像师提醒道："拥抱，拥抱啊！"罗阳却连拥抱的力气都没了，只能勉强与谢根华礼节性地握了握手。

最了解罗阳的莫过于几年来一直并肩战斗的谢根华，他见罗阳面色苍白，嘴角还有一片口疮，忙问："太累了，不舒服吗？"

"有点累。"罗阳只是淡淡一笑。

罗阳随后上了面包车，向宾馆驶去。

谢根华刚刚忙完迎接舰上返回的领导和工作人员，便见办公室主任匆匆跑来，说："谢书记，罗总说自己有些不舒服，不能参加下午的庆功大会，请您安排一下后续工作。"

"不对劲！"谢根华心里顿时一愣，以他的了解，罗阳是不会轻易说出"不舒服"的。再者，庆功大会这么重要的事情，作为沈飞公司的主要负责人，作为舰载机沈飞研制现场总指挥，罗阳怎么会主动提出缺席呢？一定是出了什么严重的情况了。

谢根华越想越觉得有问题，便放下手头的事情，急忙赶到宾馆，进了房间门，只见罗阳斜躺在床上，脸色发黄，表情十分痛苦。

谢根华半俯下身子，问他哪儿不舒服。罗阳用手指了指胸口，说"胸口有些闷"。

谢根华一听，意识到情况严重，说："我们去医院！"

罗阳还是不当回事："不用了，我休息片刻，睡一会儿。"

谢根华态度坚决，果断地说："不行，必须立即去医院！"

谢根华叫办公室主任和秘书扶着罗阳下到宾馆大堂。

罗阳像是突然想起来似的，他交代谢根华，这次上舰，舰长送了几顶辽宁舰的舰帽做纪念，放在他的手提箱里，一定别忘了到时候送一顶给某研究所的所长,某研究所也是歼15攻坚团队的一个成员,因为舰上的舱位有限,这次他们未能上舰,但好事我们不能忘了别人。罗阳就是这样,即使到了生命的最后时刻,他的心中依然想着他人……

小王紧急启动车子,快速往离宾馆最近的大连友谊医院急驶。

罗阳靠在后座上,脸色苍白,闭着双眼。

司机小王不断地说着:"罗总……快到了……马上……马上……"

罗阳费力地睁开双眼,像是要交代什么,嘴角轻轻动了动,却欲言又止。片刻,或许为了分散大家的担忧,罗阳轻声说:"今天大连怎么不堵车?"

小王告诉他:"今天是周末,罗总。"

罗阳轻轻叹了口气,"唉,我都不知道星期几了……"

这是罗阳生前说的最后一句话。

500米……200米……100米……当离医院不到50米时,罗阳喘不过气来,昏厥了过去……

小王从车上跑下,声嘶力竭地喊着:"医生……医生……"

护送罗阳遗体的车队从大连返回沈阳,由桃仙机场高速路口驶向市区

大家将罗阳抱到担架上，来不及进急诊室，在门诊大厅里，医护人员对罗阳实施紧急抢救……

海军副司令员张永义闻讯，以最快的速度赶来了；

中航工业董事长林左鸣赶来了；

罗阳的同事们赶来了。

…………

门诊大厅里，院长亲自组织人员在抢救……

大家都不敢往坏里想，大家都不愿往坏里想，大家都在期盼着奇迹的出现。

秘书小任的手机打爆了；

谢根华的手机打爆了；

在场的所有人的手机都打爆了……

12时48分，罗阳由于突发心肌梗死、心源性猝死，经多方抢救无效，因公殉职，英年51岁。

此时，歼15舰载机在辽宁舰上成功起降的镜头，还在几步外候诊大厅的电视上播放。

"才见虹霓君已去，英雄谢幕海天间。"

苍天垂泪，大海呜咽……

辽宁舰震惊了！

各级领导震惊了！

中南海震惊了！

国人震惊了！

第二章

壮 行

中央电视台的荧屏为我们留下了这些珍贵的镜头：

他拖着沉重的脚步从辽宁舰的舷梯上走了下来——

他疲惫的微笑，重锤般敲击着大地；

他悲壮的微笑，闪电般震撼着心灵；

那疲惫而又悲壮的微笑，感动了亿万人民。

于是，我们记住了一个名字——罗阳！

随中国作家协会采访团，踏上了沈阳这片辽阔的土地，我们是来寻找罗阳、寻找那个震撼人心的微笑的……

沈阳入冬后的第三场大雪，当地的百姓说这场浩雪是为罗阳来送行的，如泣如诉、荡气回肠……

茫茫雪地里，一辆辆出租车驶过眼前，显示屏上赫然滚动着字幕："罗阳，沈阳为您而骄傲！""罗阳，一路走好！"

在色彩纷呈、快速变幻的今天，我们是否可以停顿一下匆匆前进的步伐，对罗阳悲壮的殉职给予一份特别的凝望？

"罗阳，民族以你为荣！"

"罗阳精神不朽！"

"空谈误国，实干兴邦！"

在官方还没来得及反应的时候，如此激昂的声音在罗阳去世后几小时、几十个小时里，迅速席卷互联网。成千上万的网民为罗阳"点"起蜡烛，"向英雄致敬"的微博超十万条。在这个庞大、多元的虚拟空间，几乎所有的话题都众说纷纭、歧见纷呈，唯独对于罗阳的突然去世，除了震惊、惋惜、痛悼，还是震惊、惋惜、痛悼……

网友奋蹄马66：
刚见"飞鲨"展雄姿，
顿闻英雄殒人间，
航空报国三十载，
军工罗阳永不朽！

网友西岭踏雪2012：
壮志凌云，埋头干，孜孜不歇。环世界，奇兵神器，旌旗猛烈。三十科研日与夜，十万里海云空月。战成功、痛幕后英雄，滂沱谢。

和平梦，犹未报。民族苦，何时减？驾长鹰冲破，太平洋阙。保土全凭真实力，喜多创造兵无血。怀信心，攀登更高峰，国人悦。

网友查轩书（音）：

中华民族的脊梁靠的是千千万万个默默奉献的人打造的。

默哀！

网友快乐心境：

哀悼一路走好，埋头苦干的中国人。以生命诠释了《共和国之恋》中的那句歌词：当世界向你微笑，我就在你的泪光里……

网友观察者网：

歼15圆梦，沈飞公司董事长罗阳殉职。毛主席说："人固有一死，或重于泰山，或轻于鸿毛。为人民利益而死就比泰山还重。"罗阳同志离开这个世界之前，放飞了中国人最重的梦想之一。

网友魅力格格：

你是民族的脊梁！你是中华民族当前最需要的人，可却因过度的劳累，过早地辞世，你让所有期盼中华民族早日复兴的人倍感痛惜！但你却把奉献、勤劳、担当的精神种子，深深地植根于人民的心里！

网友黄生：

沉重悼念学长罗阳同志！因为你的坚持，使我们的战机比西方航空强国只剩下很小的差距；因为你们的努力，使我们国人兴奋无比。再次向你和战斗在航空战线的战友、学长学姐、学弟学妹们表示崇高的敬意！

网友闲逸堂堂主：

《临江仙》悼念罗阳：

志在航空为祖国，殚精竭虑图强，长天展翼喜飞翔，载歌载舞巨舰正归航，忽报英才心猝痛，怎堪星陨人亡？声声呼唤泪千行，精神永在，后继罗阳。

网友徐静波：

今天我们需要祭奠一个人：沈飞公司董事长罗阳。他看到了自己负责研制的歼15舰载机在中国航母上成功起降飞行，却倒在了辽宁舰上离去。虽然年仅51岁，但是罗阳的人生真的很完美。他用自己的生命换来了歼15的成功升空！

央视评论员杨禹：

歼15刚刚首飞起降成功，沈飞公司董事长罗阳突发心脏病，离开辽宁舰后不幸去世。出师小捷身先死，常使英雄泪满襟。辽宁舰只是中国航母发展史上的一个起点。每一位为这份事业殉职、流血、流汗者，都值得敬仰。正有更多有志有为的年轻人加入到这份光荣事业中来。罗阳，安息吧！

湖北网友：

我是武汉市第四十三中学高三学生，在得知罗阳是我们的学长时，

在寒风中等候参加罗阳追悼会的人群

国家的儿子

感到非常的震惊与悲痛。我们对他的英年早逝倍感惋惜。我们要学习他的一心为国,为科学献身的精神。纪念他,学习他。请罗总一路走好,也在蓝天守卫祖国!

网友SONG005005:

向我们的民族英雄——罗阳,致敬!为我国舰载歼15战机,呕心沥血,以身殉职,13亿中国人不会忘记你……

网友学者的世界:

在辽宁舰试验现场,51岁的罗阳倒下了。中国的国防就是靠这些人一代又一代的前仆后继,他们才是中国的脊梁,中国人的骄傲。昨天网上很多好朋友都在深情地送别罗阳,一个英年早逝的英雄,为了祖国的

第二章 壮 行

强大，献出了自己宝贵的生命。罗阳，一路走好！

网友清风演义：
炎黄一创举，中华舰载机。
罗阳好男儿，为国添豪气。
英雄身先卒，海天闻哭泣。
千秋百姓颂，万代芳名遗。

网友DZYTC：
向罗阳的遗像敬献了寄托全体网友以及关心国防事业人士哀思的超大花篮，花篮的卡片上写道：
祖国终将选择那些忠诚于祖国的人，祖国终将记住那些奉献于祖国

的人！

虽然没有办法像您一样在国防事业上为国出力，但是我会像您一样热爱这个国家！

敬礼！国家的强盛永远都是依靠那些心中有民族的人，在岗位默默奉献、愿意用自己的青春去为社会奉献的人！

你无畏地燃烧自己的生命，照亮了我们前进的路！

星辰大海的征途上，多少军工人在默默地奉献，前赴后继。为罗总默哀！

截至11月26日11时，在得知罗阳去世消息不到一天的时间里，新浪微博上共有24万余人对"罗阳殉职"进行点击和讨论，名列热门话题榜首，其中有数千名网友对罗阳殉职发起了深度悼词；人民网强国论坛、腾讯论坛等网友们也发起了一波又一波的纪念热潮；新华社、央视、《人民日报》官方微博、《中国航空报》官方微博等均迅速发出相关报道。

《中国青年报》进行了一次网上在线调查：罗阳为什么能感动中国？罗阳身上的哪种精神品质最受公众敬佩？调查显示，第一是"敬业"，第二是"坚守"，第三是"将国家发展内化为个人使命"。其他依次是："鞠躬尽瘁"、"甘于在幕后奉献"、"敢于承担责任"、"耐得住寂寞"、"勇于创新"。

74.4%的网友认为，罗阳代表了一群为国家航空、航天、国防事业的发展，默默奉献的人。

党和国家领导人对于罗阳因公殉职高度关切，罗阳离世的第二天，中共中央总书记、中央军委主席习近平做出重要批示：

罗阳同志不幸因公殉职，我谨致以沉痛的哀悼，并向他的家人表示深切的慰问。罗阳同志秉持航空报国的志向，为我国航空事业发展作出了突出贡献，他的英年早逝是党和国家的一个重大损失。要很好地总结和宣传罗阳同志的先进事迹，广大党员、干部要学习罗阳同志的优秀品质和可贵精神。对他的家人要妥善照顾。

不要总是抱怨我们这个民族已经没有血性，不要总是抱怨我们这个社会缺乏精神。

罗阳殉职引发全社会关注，这与他生前长期默默无闻形成鲜明对照。中国人自行研制的航母舰载机亮相，带给国人巨大的荣誉感和幸福感，但在这一时刻，这一事业的开拓者却猝然离去，人们既钦佩、赞扬他航空报国之志向、攻坚克难之毅力、敬业勤勉之品德，又哀惋、痛惜他在举国欢腾、畅饮庆功酒时之缺席。

正如一家外国通讯社所说："北京对该项目给予高度重视，这个项目被视为中国在过去30年里从穷国走向政治经济大国的崛起标志。"

于是，罗阳成为了一种精神的标志！

罗阳逝世后，沈飞公司党委书记、副董事长谢根华写的《痛失罗阳》追忆文章中，有这样一段：

您怎么就这样走了呢？我的好搭档，我的好同事，我的好朋友，我的好兄弟——罗阳。直到此时，我仍然无法相信这是真的！

11月18日，您乘直升机来到辽宁舰上，我们只有不到1小时的交接时间，我就要乘直升机上岸。我已经在舰上待了十余天，我带您到了我们要交接的入住房间，告知您开水房、餐厅、卫生间以及洗澡间的位置，告知您从舰上如何拨打地方的电话，告知您舰上参试领导和同志们的房间号和电话号，告知您舰上的基本设施、飞行的情况等，告知您中航工业沈阳所摄像、照相人员如何寻找，告知您何时何地召开航空例会和指挥部例会，告知您留在房间的饮料、水果和食品的存放位置等……没想到,这琐碎的告知,竟成为我们最后的交谈!然后我们一起登上舰岛,观看当天的飞行训练,留下了珍贵的影视资料和多人、两人以及单人的照片,并相约飞行成功后,我到大连码头来接你们这群功勋上岸,共同畅饮庆功酒。

在随后的几天里,舰载机相继完成着舰任务,这对我们航空工业来讲意义非凡,对我国航母形成战斗力更是一个具有标志性意义的重大事件,我们都沉浸在了欢乐的海洋!然而就在11月24日,您度过了一个极其漫长而痛苦的长夜。在过度的疲劳状态下,在飞机起飞发动机的巨声轰鸣中,您的心脏经历了残酷的折磨,开始了绞痛,而您又是那样的坚强,总是以不给别人添半点麻烦的心态,默默地忍受着病痛的来袭。时钟一分一秒地滴答敲响,您都觉得特别漫长,那对您会是多么难熬的夜晚啊……

谢根华专门为作家采访团做了一场关于罗阳的报告。

"罗阳在我的心目中,是一名壮士,他决不是干一个歼15型号就会累趴下的壮士!"谢根华说,"他当沈飞公司总经理5年来,是多个型号的研制现场总指挥,这多个型号跟歼15一样复杂,都需要花费他极大的精力。唯一的区别就是歼15的风险大于别的飞机。罗阳的管理能力非常高超,同时管好多个型号很不容易,哪里资源多配,哪里资源少配,这都取决于当时的场合和情况,只有资源配置合理了,才能保证各个型号任务的顺利完成。"

罗阳在很多场合都强调"一代装备,一代管理"的理念。在公司产品升级换代的背景下,他创造性地提出了管理要"四化"(严格化、精细化、规范化、标准化)的想法。此后,罗阳"管理'四化'"的设想不断丰富,对公司构建形成一个不断自我完善的管理创新体系起到了极大的指导作用。

罗阳常挂在嘴边的一句话是"必须想办法"。哪个型号有困难,他就带着负责资源配置的班子成员到哪个型号现场去开会,进行资源调配。对于罗阳来说,多个型号都必须完成,只是起步早晚、首飞早晚的区别而已。从2009到2012年,沈飞公司接连取得首飞成功,基本上都保住了时间节点。这种成功没有别的招儿,就是"必须想办法"。

罗阳做思想工作,站位非常高。不仅是站在沈飞公司的角度。更是站在整个航空工业、甚至国家航空发展大业的角度。他说:"一个国家如果没有自己的武器长效支持,早晚都要被动挨打。清朝甲午战争的失败,就是因为我们没有自己雄厚的工业基础,一共就那么几条军舰,被日本人一打,就没了,没有装备,你怎么战胜敌人?"

"报告总指挥,我是××型号飞机研制现场总指挥,飞机已经准备完毕,状态良好,请求起飞!"

这样激动人心的首飞报告,以前在沈飞公司十年八年才有一次,但2012年10月底到11月初的4天内,罗阳接连报告了两次。

谢根华动情地说:"我们是多么地希望能再听到罗总这样的报告啊,那是罗阳代表航空人,在向祖国和人民汇报!"

罗阳与谢根华

通过视频，我们看到了激情飞扬的画面：

一架新型号飞机停在跑道旁，罗阳迈着自信的脚步，走到主席台前，向中航工业总指挥报告："报告总指挥，我是××型飞机研制现场总指挥，飞机已经准备完毕，状态良好，请求起飞！"

总指挥下达了"可以起飞"的指令。

飞机慢慢滑向跑道，加速，拉起，如利箭般直冲云霄！

此时，只见罗阳仰望长空，脸上写满了激奋与自豪……

当我叫你英雄的时候，
你是否听见，
这一去不要走得太遥远；
当我叫你英雄的时候，
我泪流满面，
双手化翼梦想翱翔蓝天……

罗阳离去之后，当沈飞职工们唱起这首《我的英雄》的时候，心中荡漾着的不仅仅是悲壮，同时还饱含着无上的崇敬与暖暖的温馨。

第一次走进军工企业，几天采访下来，我发现，军工企业实际上也是一支不穿军装的、有着高度组织性与纪律性的部队。每上一个新的型号，都需要组织一次战役。因此，航空人的工作制常常是"711"——每星期工作7天，每天工作11小时。攻关最紧张的时候，又变成了"724"——没有休息日，一天24小时连轴转。

沈阳飞机设计研究所所长赵民，面对我的采访，几次潸然泪下："罗阳从辽宁舰下来的时候，还和我招了招手，这么个充满激情和活力的人，怎么可能说没就没了……"

对于歼15而言，沈阳所与沈飞公司，一个是设计单位，一个是生产单位，他们共同面对压力。赵民说："从某种角度说，沈飞公司罗阳他们的压力比我们还要大。首飞之前所有的工作都是仿真的、模拟的，没有直接面对来自实际环境的各种考验，地面试验并不能完全模拟天空的环境。因此，首飞通常都会面临真实而巨大的风险，包括歼15着舰。一切靠实践去检验。当然，首飞成功，我们都会特别激动，我们体验到从忐忑不安到喜悦的整个过程。然而，第二天、第三天，它又要飞了，压力就又开始了。"

我问："歼15首飞之前，你们最担心的是什么？"

"在首飞之前，我们会把所有的地面试验做完，达到理论上可以起飞的程度。"赵民说，"基于研制程序、质量规程、技术和以往的经验，当我们认为它具备飞的条件，它就可以飞。剩下的就是风险。但我们有这么多年的经验和型号积累，会在技术上进行控制，把风险降到最低。不过，也可能存在意外。罗阳承担的压力会更大，作为一个型号的研制现场总指挥，要协调设计和生产部门，要协调一二百个协作单位，要协调军方和生产单位的各种关系。作为主机厂的总经理，他还要管理试制、生产、调试、试飞等每一个环节，几万个零部件组成的一架飞机，任何一个环节，哪怕是一个小小的螺丝钉出问题，到了天上以后都是人命关天的大事。还因为沈飞公司是整机厂，飞机是从他们手上交出去的，因此最后的压力往往都压在罗阳的身上。"

新机试制部是罗阳生前最牵挂的一个部门，有时候，他一天要去两三次。

一天夜里，已经很晚了，罗阳走进新机试制部。车间里灯火通明，工人们干得热火朝天。罗阳对部长说："吃点夜宵，休息一会儿吧。对了，你们给大家准备夜宵了吗？"部长说："我们都是各自带各自的，有的带面包，有的吃方便面。"罗阳一听急了，"这怎么行？长期下去不影响身体吗？"第二天，工人一进车间，只见一角摆着十几张行军床，说是罗阳派人送来的，让夜里加班晚了回不了家的职工休息用。晚上9点，工会主席带着后勤人员，送来了热面条、热粥和馒头、花卷，还有各种小菜，大伙儿吃得心里热乎乎的。罗阳得知有的员工长期加班，连到医院看病的时间都挤不出来，便安排二四二医院的医生，每周一次来生产现场为职工看病，还为大家配备了小药箱。8月，车间里闷热难受，罗阳要求后勤部门提前做好防暑降温工作，他还亲自将冰柜、风扇送到车间。

试飞站的张晓强站长给我讲了一个"暖腰宝"的故事。

每到年底，试飞任务特别集中。沈阳的冬季气温都在零下一二十摄氏度，空旷的机场跑道上寒风刺骨。可机务人员不能穿得太厚，更不能穿棉大衣，因为他们要随时跟踪调试飞机，穿厚了影响操作，还容易出事故。

罗阳到试飞站指挥新机试飞时，看见工人们套着单薄的机务马甲站在寒风中，心疼地对张晓强说："这么冷，他们又穿得这么少，得想点什么办法，别叫他们冻着。"

罗阳发现家里的一个"暖腰宝"很好用，轻便小巧，充一次电可以用好几个小时。他专门派人买回一些"暖腰宝"，发给在室外工作的一线工人。工人们将它放在心口或腰间，称它为罗总送的"暖心宝"。

罗阳还从车队调来两辆有空调的大客车到试飞线上，让工人们在飞行间隙轮流到车上休息，暖暖身子。以后这成了一种制度。

罗阳说，任务越重，越是大干，越不能忽视员工的身体健康。过去，沈飞公司员工每3年体检一次，从2011年开始，罗阳在职代会上提出，缩短体检间隔，员工们每两年体检一次，去年安排了6000多名职工体检。专家骨干每年体检一次，然而他自己却由于工作脱不开身，两年没有体检了。去年8月，公司邀请沈阳陆军总医院专家讲授心脏病防治知识，他也顾不上去听。

有一次在现场，罗阳不经意间听一个女工说已经好几星期没见到自己的孩子了，夜里加完班回到家孩子睡了，清晨出门孩子又没起床。一个小伙子说父亲住院一个多月了，自己还抽不出时间去看望他老人家。说者无意，听者有心，罗阳在心里琢磨开了，这几年型号多、任务重，为了抢节点，加班加点是家常便饭，许多岗位24小时轮流转，有的员工长时间不能回家，因为保密的原因，又无法告诉家里人自己每天在忙些什么。罗阳建议公司党委和工会给员工家属写《感谢信》，他亲笔签字，各分厂工会主席一家家送到员工家属手中，让家属们知道自己的亲人是在为国防建设作贡献。

在沈飞公司工会，我读到了这份情真意切的《感谢信》：

感谢信

×××同志并家属：

首先，向你们表示衷心的感谢！

在过去的一年里，你以创新的智慧和无私的奉献、辛勤的汗水和无悔的付出，为国家的国防事业，不负重托，出色地完成了重点工程任务。你是沈飞公司的优秀员工，是支撑沈飞公司跨越前进的脊梁！

过去的一年，大家收获了胜利的喜悦，也留下了挥之不去的记忆。大家共同直面挑战，共同冲破难关，共同履行了庄严的承诺，共同创造了难得的奇迹。那些日子里，为了任务，为了目标，你夜以继日，没节没假，舍去多少儿女之情，放弃了多少天伦之乐。我为我们的企业拥有你们这样一支"铁军"而感到自豪和骄傲！

我要特别感谢你的家属和亲人，我们的工作离不开他们的支持和理解，离不开他们的付出和奉献，我们的员工在加班加点的时候，他们默默地、无怨地挑起了家庭重担，对此，我深感歉意和感谢。

我热爱我们的员工，更敬慕我们的家属。

衷心祝愿你们新春快乐，身体健康，阖家幸福！

中航工业沈飞公司 罗阳
2011年1月30日

家属们看完《感谢信》后，都特别感动，"真没有想到自己的亲人每天都在做着这么重要的工作，我们一定会理解他们，一定会全力支持亲人们的事业！"

听说作家采访团来采访罗阳的事迹，沈阳飞机设计研究所76岁的退休工程师杨圣杰主动上门找到了我们。

杨圣杰告诉我，罗阳大学毕业分配到九室环控专业组时，他是组长。组里正在搞歼8飞机"飞行员座舱地面抛盖试验"。那时候，试验手段十分落后，每天都在野外作业，还要进行小爆破，尘土飞扬，时常被弄得灰头土脸。

在杨圣杰的眼中，罗阳挺踏实，斯斯文文，话不多，干活肯卖力。休息时，不是看书就是和师傅下棋。

杨圣杰在慢慢讲述那些久远的关于罗阳的故事，讲到动情处，老人凝噎无语。

忽然，老人话锋一转，对我说："今天，我找你们来，是想告诉你们一件事，这件事除了我老伴知道，没对任何人说过，我糊涂啊，我曾经给罗阳送过礼……"

"给罗阳送过礼？"我听得一头雾水。

"我真糊涂啊……"老人还在自责。

2011年夏天，杨圣杰的小孙子大学毕业了。找工作成为一大难题，小孙子在网上投了三次简历，参加了两次人才招聘会，均没有着落。小孙子是杨圣杰和老伴一手带大的，看着孩子一天到晚闷在家里，他俩比孩子更着急。

老伴对杨圣杰说："得想想办法啊！你不会去找找罗阳？人家现在是沈飞公司的一把手，解决个把人的工作，还不是他一句话说了算。"

经老伴这一提醒，杨圣杰说："对，对！为了小孙子，我去找找罗总！"

老伴又说："现在求人办事都得送礼，你打算送什么？"

杨圣杰想了想，说："送钱是绝对不行的，这样吧，我买两瓶酒给他带去，可就怕他不收。"

罗阳调到沈飞公司以后，仍住在原来所里分配的宿舍。隔天晚饭后，杨圣杰敲响了罗总的家门。罗阳不在家。老人把小孙子的材料交给了罗总的妻子王希利，又趁她不注意时，把两瓶酒放在茶几旁。

大约一个星期后，家里来了个小伙子，自称是罗阳的司机，手里拎着两瓶茅台酒，说是罗阳让送来的。

小伙子走后，老伴叹了口气："这酒都给退回来了，事肯定办不成了。"杨圣杰心里也没底，只好说"再等等、再等等"。

一等就是一个月，老伴沉不住气了："怎么样？没戏了吧？我早说过现在是什么年代了，不送钱，谁给你办事？"

杨圣杰拧着眉心，说："不会的，我不会看错人的，罗总不是那种人……"

杨师傅有个习惯，每天早晨都要在家属区遛弯、锻炼。他发现一个"秘密"，7时，沈飞公司的一辆小车都会准时到家属区接罗阳。他告诉老伴，准备直接去找罗阳。

这回杨圣杰怀里揣上了两万元。

那天清晨，杨圣杰早早就"埋伏"在罗阳住的那栋宿舍楼旁的冬青树旁。7时差两分时，罗阳按时从单元门里走出。

老人快步走上前，喊了声："罗总！"

罗阳抬头一看，见是杨圣杰，和蔼地说："是杨师傅啊！这么早，出来遛遛？"

"我找您有点事！"老人有点不好意思。

"哦，您说！对了，是不是您小孙子的工作问题？这种事情要走程序，还得等机会，您就耐心等着吧！"

"罗总，给您添麻烦了……这里是两万元……"说着，他从口袋里掏出一个小信封。

罗阳有些不解，"您这是什么意思？"

老人支支吾吾："这是点心意，不是给您的，是给您手下的工作人员的……"

"杨师傅，您怎么能这样……"罗阳心里挺难受，但他没再说什么，怕老人尴尬，他匆匆钻进汽车，又不忘摇下车窗，朝老人招了招手。

国庆节过后第三天，沈飞公司人力资源部通知杨圣杰的孙子去参加笔试和面试。一个星期后，小伙子正式到沈飞公司质检处上班。

后来，杨师傅几次想去向罗阳道声谢，可又没有勇气……

11月26日。

杨师傅早起锻炼，经过所区大道时，只见两旁的电线杆上挂出了几副大挽幛：

"罗阳同志，我们永远怀念您！"

"罗总，一路走好！"

老人心下一沉：出了什么事？！罗总怎么了？！

正在此时，所办的小刘从身旁经过，沉痛地告诉他："罗总昨天执行完任务，从辽宁舰下来，突发心脏病，不幸殉职。"

天啊！杨师傅只觉得一阵晕眩。

参加追悼会那天，面对罗阳的遗像，老人还在心里谴责自己："罗总，我糊涂啊……"

痛失一员虎将，中航工业集团董事长林左鸣悲痛不已，他说："罗阳这段时间非常累，多个型号正在研制，两型飞机首飞，又面临必须完成年底的任务，非常累、非常累，他是'疲劳断裂'。"

何为"疲劳断裂"？

这是金属由于老化或使用过度，产生的一种破坏性的物理现象。

罗阳是由于超限度的工作、超强度的压力而"断裂"、殉职的。

中航工业副总经理李玉海说："航空工业是跑完一个马拉松，接着是5公里自行车，再接着下一个马拉松加15公里竞走，需要一代又一代人的不懈奋斗!"

是的,这是一种"夸父逐日"式的长跑,跑得异常艰难,跑得非常执着。因为,他们的目标十分明确:强军,强国,强我中华!

(上图)化悲痛为力量
(下图)央视报道中航工业沈飞员工在岗位上默哀为罗阳送行画面

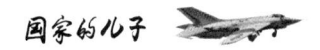

直到生命的最后一刻,罗阳都保持着奔跑的姿态……

这是战斗者的姿态!

这是勇猛者的姿态!

正如《京华时报》记者吴乔在悼念文章中所言:"他完美地完成了任务,却永别这个世界。本是庆功宴上的功臣,却只能永远地缺席。他把生命中的最美好的时光,把青春中的最卓越的光华,都奉献给了他的战机事业,但却是以一种默默无闻的方式。而一朝为天下所知,却是生命的逝去之时。正如彗星一样,把最闪亮的一瞬留给了世间,也把永远的遗憾和怀念留给了世间。在任何一个普通人的情感里,最难以接受的,就是这样最完美之中的最大缺憾。"

11月27日,辽宁舰。

全舰官兵怀着一种无限崇敬之情,在甲板上列队,面对舰艏滑跃14°甲板——就是这个平台成就了共和国航母舰载战斗机完美升空,同时也见证了罗阳生命中最辉煌的时刻。

辽宁舰政委梅文神情凝重,他说:"听到罗阳去世的消息,我们无比震惊、万分悲痛。就在两天前,我们还在舰上为我们的歼15战机成功着舰而击掌相庆,还在一起畅谈航母发展和对新型战机的期望。可转眼间罗总走了,带着他对自己事业的忠诚和眷恋走了。我们全舰官兵要以罗阳为榜样,学习他对党的事业的无限忠诚的崇高品德,学习他为航母事业鞠躬尽瘁、死而后已的奉献精神,学习他深入一线求真务实的优良作风,以更加勤奋扎实的工作为航母早日形成战斗力做出我们应有的贡献!"

上午9时,汽笛长鸣,为英雄壮行……

第三章

撒开了是满天星

2012年11月25日，歼15舰载战斗机在辽宁舰成功起降的消息成为举国上下热议的焦点。

北京航空航天大学校园沸腾了，师生们无不为校友们的成功而激动，而骄傲，而神采飞扬。

郑彦良，是罗阳大学期间原五系团总支书记。得知喜讯，他激动得拿出手机就要拨通电话，可转念一想，这时候估计罗阳的手机已经被打爆了，方才暂且作罢。

谁曾料到，这是一个永远也拨不通的电话了。11月26日早晨，当郑彦良习惯性地打开电视时，屏幕上一张打上黑框的罗阳遗像让他半天回不过神来：熟悉的脸庞，熟悉的笑容，他的好学生罗阳，难道就这么"走"了？！一种难言的情绪久久弥漫于心头，郑彦良感到从未有过的后悔：为何昨天没直接拨通罗阳的电话，一念之差，连告别的机会都没有了！

老郑坐不住了，他即刻找到了原五系的党总支副书记蔡德麟、辅导员王学仁，三个白发老人回忆着罗阳的往事，一边"责怪"北航学生"就知道玩命干"，一边历数"罗阳们"为国防事业做出的贡献，唏嘘悲叹，感慨万端。

他们当即拟了个唁函发到了沈飞公司。

立志祖国航空事业三十载踏实苦干鞠躬尽瘁
开创舰载战机首飞新伟业莘莘学子一代楷模
罗阳，你是最让我们骄傲的学生！

北京航空航天大学 你的师友
蔡德麟、王学仁、郑彦良

原稿上原本还有一句话——"罗阳，你是最让我们心疼的学生"，三位老师思考再三，又怕给他家里和更多的人增添伤感情绪，临发出前还是给删掉了。

26日当天，各路媒体记者蜂拥至北航，希望能第一时间挖掘到罗阳在北航上学期间的故事。

郑彦良一遍遍地告诉他们：罗阳所在的班，是1978级五系高空设备专业，序号8551班。全班30人（其中一人在读期间因病去世），年龄跨度较大，最年长的31岁，最小的16岁。入学那年，罗阳比现在大学生平均年龄还小，刚满17岁。1978级是"文革"结束恢复高考后的第二届大学生，普遍存在年龄跨度较大的现象，同班同学年龄能相差十

几岁,大概也正是"文革"被耽误的这十几届吧。1978级比1977级多了半年的高考复习时间,因此他们班多了7个十六七岁的同学。

大学四年,该班先后发展党员4人。从当时的情况看,如果再发展三四个同学入党,恐怕也轮不到罗阳,因为他年龄偏小,况且在四年的大学时间里有很多申请入党的同学,受当时学校党员发展比例小的限制,没有实现入党的愿望。

郑彦良说:"罗阳就是一个普通的学生,只做过班级体育委员,既没有在学校入党,也没有当过班长、团支书,在班里被当作小弟弟。"

罗阳的班主任李敏老师,翻出已经珍藏了30年的《教师工作手册》和《毕业纪念册》,在纪念册的扉页上,有当时505教研室主任朱东明和李敏联合题写的毕业临别赠言:"希望你们在今后10年、20年、30年……中,为振兴中华,实现四化,做出好成绩!"

李敏说:"罗阳是被老天选中的那种人,老天认为他可以比别人承受得更多,可以挑更重的担子。"

大学时期的罗阳

面对记者连珠炮似的提问,几位老师的回答当时也过于感性,话赶话,来不及深思熟虑。

事后,郑彦良沉下心来仔细一想,觉得还真得好好思考:罗阳,一个"普通"的学生,其生命之花何以能如此璀璨绽放?

"今年就要下决心恢复从高中生中直接招考学生,不再搞群众推荐。从高中直接招生,我看可能是早出人才、早出成果的一个好办法。"1977年8月6日,在全国科学和教育工作座谈会上,邓小平以拨乱反正的气魄,重新打开了中国大学关闭了十多年的高考考场。1977年冬至1978年夏的几个月内，全国共有1160万人参加高考，他们如同8月的钱塘江大潮，排山倒海地涌向大学之门，堪称是世界上人数最多的一次大考。

罗阳成为这1160万人中的幸运儿。

1961年6月29日，罗阳出生于一个革命军人家庭。时值共和国三年困难时期，百姓的生活笼罩着贫困的阴云。父母为他取名罗阳，正是希望他在今后的人生道路上能得到阳光的沐浴，成为一个充满阳光的人。

罗阳的父亲罗哥，解放战争期间入伍，建国后一直在军队院校工作。他工作严谨细致、为人正派、乐于助人。母亲吴传英是一名中学数学教师。罗阳还有个姐姐，下过乡，是知青。

在这样的家庭长大，罗阳从小就受到了良好的教育。他有个好习惯，爱动脑筋琢磨事，注重逻辑推理。小时候，看见小伙伴们玩滑轮车，他也做了一辆，还特意给车子装上了"方向盘"和活动轮子，使得原本只能直行的小车能够灵活自如地改变方向，这一"壮举"让小伙伴们赞叹不已。稍大一些时，在父亲的指导下，他又学着自己组装收音机，当收音机里传来中央人民广播电台的声音时，全家人欣喜无比。

上学期间，罗阳数理化基础一直很扎实，是班里的尖子生。很多人以为他是得益于当数学老师的母亲，有这样好的妈妈，还不经常给儿子"开小灶"。吴传英说："其实这是误传，因为我很忙，每天下班回来都忙着给一大家人做饭、做家务，根本就顾不上给孩子们搞辅导。罗阳数学好，是因为他刻苦、认真。放学回家一进门，他就趴在桌前做作业，有时因为一道数学题解不出来，喊他几遍，他都舍不得放下笔吃饭。"1975年，随着罗哥工作调动，全家从西安随军到武汉。当地教育部门有个不成文的规定，随军子女如果两个都上初中的话，只能是其中一个进重点学校。罗阳觉得男孩子应该多担当，就把上重点中学的机会让给了姐姐。

罗阳从小就是个人见人爱的"乖孩子"，天性谦和宽容，为人友善，小时候无论是男孩还是女孩都喜欢跟他玩。这种亲近随和的性格一直伴随罗阳长大成人直至工作当中。同事们跟罗阳在一起工作，总感到轻松愉快。

有些宣传文章说罗阳高中毕业报考北航，立志"航空报国"，这有些夸张了。罗阳生前，曾经在某次接受采访时做过如下回忆："高考填志愿时我填北航，其实当时对北航并不是很了解，刚开始还以为是开飞机的呢！录取通知书寄来后，一看才明白，噢，原来是搞飞机设计的……所以，我走进这个行业，还是很有意思的。"这才是"航空报国"的真实版本。

"爱国奉献，敢为人先，开发包容，笃行坚卓"，这是北航的精神。

"干航空这一行，别想出名，想出名就别入这一行。"这是罗阳的本科毕业设计指导老师王浚（后当选中国工程院院士）的"名言"。

北航精神的鞭策激励，老师的言传身教，就是希望将每一名学子锻造成国家的人才，为他们插上知识和理想的翅膀，让他们在蓝天中飞得更高、飞得更远。而罗阳，没有辜负母校、恩师们的期望。

李敏老师回忆说："至今，我还清晰地记得罗阳刚入学时的模样：瘦高个儿，戴副眼镜，穿着一身洗得有些发白的黄军装，淳朴、踏实、不张扬。他对老师、同学总是非常有礼貌，别人发言时，也总是认真倾听。别人开怀大笑时，他只是咧嘴微笑着。这个班的学生一入学，便表现出了空前高涨

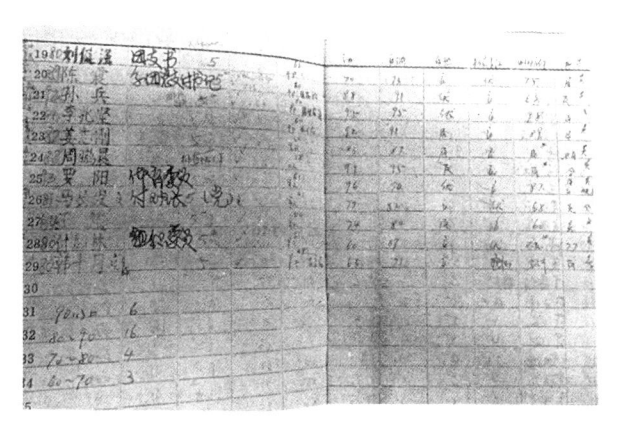

罗阳大学成绩单

的学习热情。505 专业的老师们，也以饱满的热情，拾起荒废多年的专业知识和技能，全身心地投入到教书育人中去。当时，有个很流行的口号叫作'不让一个阶级兄弟掉队'，同学之间互相关心、互相爱护，亲如兄弟姐妹。班里有个同学因患脑部疑难重病住院，全班男生两人一组，一组半天轮流到医院看护。为防止传染，进病房每人要吃一片药片。几个月下来，同学们毫无怨言。而且所有同学都通过互补笔记、互相补课，在照顾同学期间，没有落下一堂课。后来，那个同学不幸病重去世，他的舅舅流着泪对系领导和同学们说：'我的外甥人生的最后时间是在一个非常温暖的集体中度过的，谢谢五系！谢谢同学们！'罗阳就是在这样一个风气纯正的集体中度过大学时光的，在老师和同学们的心目中，他是一个很阳光、肯学习、身体棒的普通男孩儿。"

现在解放军总装备部某部工作的李兆坚，是罗阳大学时的好朋友，他回忆说："我和罗阳当时住一个宿舍，宿舍号是 16 楼的 432 室，我们两人那时总是形影不离，好得亲兄弟似的。我俩都爱穿军装，罗阳是捡他父亲的旧军装穿，我的军装是母亲自己缝制的。罗阳刚入学时，成绩排在中等水平，不显山不露水，但他很快就跨入了班级的前五名，而且一直保持到毕业。大家私下都佩服地说：'这家伙行，有钻劲，有韧性。'当时，我们一门心思就是学习，罗阳很较真，一个问题不弄清楚决不罢休，我们经常为学习中遇到的问题展开争论，不知道的人，还以为我俩在吵架呢。但罗阳不偏执，也不钻牛角尖。那时候，身上没有多少钱，一有点零花钱，想着就是买参考书，五道口有家书店，我们经常去，记得为买苏联数学家济米多维奇的数学分析题集，我们去了好几次。"

那年寒假，罗阳与李兆坚约好，不回家过春节了，留校学习。

除夕夜，两人早早来到系里的阶梯教室。一边看书，一边做题，不觉到深夜。

那天夜里系里值班的是团总支书记郑彦良，晚上11点多了，他见阶梯教室还亮着灯，便走了进去。

"这么晚了，大过年的，你俩怎么还不休息？"见两位学生这么刻苦，郑老师既感动又心疼，关切地问。

李兆坚看了下表，说："哇，快12点了。"

"小罗，为什么不回家过春节？"郑彦良问罗阳。

"暑假已经回去了,想用寒假的时间多读点书。"罗阳笑眯眯地回答。

"你呢？"郑彦良又问李兆坚。

"我的家在福建宁德，路远，车票贵还不好买，索性留校了。"李兆坚说。

郑彦良有些感慨地说："你们这两届学生，学习真刻苦啊！"

罗阳说："我们班几位年龄30多岁的老大哥，也在拼命学习，大家都特别珍惜来之不易的学习机会。"

郑彦良点了点头，说："你们是国家未来航空事业的接班人，要想将来有所作为，要想成为一名航空专家，该学的东西实在是太多了。而大学本科阶段，又正是打基础最关键的时期，这个基础打好了，可以受益一辈子。"

忽然，郑彦良又问："知道今晚是什么日子吗？"

李兆坚回答："除夕夜啊！"

第三章　撒开了是满天星

罗阳大学时代照片

"今晚你们吃水饺没有？"

罗阳如实回答："我们去食堂晚了，饺子已经卖完了，我们吃的面条。"

郑彦良急了，"北方风俗，除夕夜不吃水饺哪成？走吧，孩子，到我家吃水饺去！"

罗阳连忙摆手，说："不了，郑老师，深更半夜的，不打搅了。"

"走！走！"郑彦良连拖带拽把他俩拉到自己家里，为他们每人煮了一盘水饺。

多年后，罗阳还念着郑老师的情，说："那年除夕夜，在郑彦良老师家吃的韭菜馅饺子是最香的……"

中航工业飞机股份有限公司董事长方玉峰是罗阳的同班同学，是班里的学习委员。回忆当年在校的情景，方玉峰说："那时候学校风气很正，学习的氛围很浓。停办了十几年的大学，重新打开了大门，大家都有一种使命感，都觉得应该刻苦学习，掌握更多的知识，将来报效祖国。大约是1981年前后，有些高校开始流行跳舞，周末办舞会，但我们班还是中规中矩，就知道埋头读书。不过，也不是死读书。当时，随着真理标准的大讨论，思想也非常活跃。"

有天晚饭后，罗阳找到方玉峰，神秘地说："快走，有好事！"

方玉峰赶紧问："什么好事？"

罗阳从口袋里掏出两张票，在方玉峰眼前一晃，说："参考片！"

随着改革开放的大门打开，学校里开始放映一些内部参考片，有国外故事片，也有科教片。由于还属于有控制地放映，常常是一票难求。

方玉峰一听"参考片"，马上来了情绪，"什么片？谁给的票？"

罗阳说："郑老师临时有事去不了，给的票，我也不知道演什么。"

罗阳和方玉峰一路小跑到职工俱乐部，进了场，电影刚刚开始。

这是一部真实记录美国宇航员登月历程的纪录片，精彩的画面，曲折的情节，罗阳和方玉峰被紧紧吸引住了。

1969年7月16日，美国3名宇航员乘坐"阿波罗11"号飞船，经过长途飞行后，进入月球轨道，他们中的两名使者，转乘"鹰号"登月舱降落到月面，开始了人类有史以来的第一次登月活动。船长阿姆斯特朗首先走上舱门平台，面对陌生的月球世界凝视几分钟后，挪动右脚，一步三停地爬下扶梯。5米高的9级台阶，他整整花了3分钟！随后，他的左脚小心翼翼地触及月面，而右脚仍然停留在台阶上。当他发现左脚陷入月面很少时，才鼓起勇气将右脚踏上月面。这时他说："对一个人来说这是一小步，但对人类来说却是一个飞跃！"18分钟后，宇航员奥尔德林也踏上月面。他俩穿着宇航服幽灵似的在月面游动、跳跃，拍摄月面景色、收集月岩和月壤、安装仪器、进行实验和向地面控制中心发回探测信息。

全部任务完成后，他俩又乘登月舱上升段飞离月面，升入月球轨道，与由科林斯驾驶的、在月球轨道上等候的指挥舱会合对接。3名宇航员共乘指挥舱返回地球，在太平洋降落。

整个飞行历时8天3小时18分钟，在月面停留21小时18分钟。时间虽然短暂，却是一次历史性的壮举。宇航员们还在月球上留下"纪念碑"，上面刻有英文：公元1969年7月，地球行星上的人类，在此首次踏上月球，我们代表全人类的和平来此。

影片结束后，罗阳和方玉峰的心情久久无法平静，他们索性来到了学校小公园的荷花池旁，边散步边津津有味地议论刚才的电影。

方玉峰感慨地说："这美国人也太厉害了，居然登上了月球，还那么完美无缺，这要有多大的经济实力，而且还要有多少高科技在支撑着！"

"可不是吗！"罗阳赞同道，"美国人登月的时间是14年前的1969年，那时候，我们在干什么？我们还在搞'文化大革命'，'造反有理，革命无罪'，'砸烂封资修'，更荒唐的是还在宣传一种理论，叫什么'卫星上天，红旗落地'。美国人都登上月球了，也没见人家星条旗落地。"

阿波罗11号登上月球

罗阳的话让方玉峰陷入沉思，过了好久，他突然说："我们的航天、航空与西方发达国家相比，相差十万八千里，不紧赶猛追的话，我们将落后得更远。"他的情绪显得有点低落。

"对于我们学生来说，不用讲什么大道理，首先是要把书读好，读好书，才能打好坚实的基础，将来赶上人家，超过人家！"罗阳像是在自言自语，又似在给对方鼓劲儿。

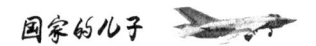

那一夜，两个年轻人都很激动，聊得很晚。

北京的几所著名大学都有自己的体育运动强项，北京大学的田径、清华大学的篮球、北航的排球。上世纪五六十年代，北航排球队的水平就很高，曾经有过代表国家与国外若干国家队交手并获胜的光荣历史。在北航，不仅有校队，还有系队、年级队，甚至每班都有排球队。

罗阳是班级的体育委员，入学不久班里便组建了排球队。姜志刚、陈震、方玉峰、药刚、罗阳等一些身高在一米八以上的大个子，都成了队员。罗阳虽然个子高，可他比较擅长田径和篮球，排球基础相对薄弱。班里成立了排球队，罗阳的韧性又上来了，课余时间拼命练习，先从垫球练起，然后是托球、扣球。一年苦练下来，这个体育委员很快成为一名优秀的二传手。

后来，罗阳班排球队先是拿了年级冠军，又得到全系第一。系领导很高兴，以他们班队为基础，再加上其他班个把队员，专门组建了系排球队，参加全校排球比赛。那时候学生的文化生活相对比较简单，每场排球赛都成了同学们的"节日"，不上场的学生组成啦啦队，"加油"声响彻校园。

排球是集体运动，讲究组织、配合、团结。它对于激发班级凝聚力、提升学生的集体荣誉感发挥了积极作用。毕业后，同学们把排球爱好也带到了新单位，姜志刚到成都飞机公司以后，很快组织了以北航毕业生为主的排球队，比赛成绩一直不错。罗阳到沈阳所以后，也参加了排球队，还打上了主攻手，许多老职工至今仍记得当年罗阳在球场上矫健的身影。

除了排球赛，还有每年的校（系）运动会、篮球赛、冬季越野长跑等体育活动，罗阳在精心做好组织工作的同时，也获得了极好的锻炼机会。

那个年代，北航学生们和全国人民都记得一个日子——1981年11月16日。

当晚，中国女排将与日本女排在日本大阪市争夺第三届世界杯女子排球赛冠亚军。当时，电视还是个稀罕物，吃过晚饭，罗阳和几个同学早早就把系里唯一的那台电视机搬到了阶梯教室。

19时30分，主裁判的哨声吹响了。

前两局中国姑娘士气旺，打得凶狠，拦得成功，吊得轻巧，很快便以15∶8、15∶7拿下两局。然而，作风顽强的日本女排背水一战，连连得分，再扳回两局。关键的第5局开始了，双方争夺达到了白热化的程度。中国女排在0∶4的不利形势下，艰苦奋战，把比分逐渐追了上去。在14∶15落后的危险时刻，她们沉着战斗，随着"铁榔头"郎平的一记重扣，中国队终于以17∶15拿下了最关键的一局。

3∶2

"赢啦！"

"女排万岁！"

"中国万岁！"

这是中国人第一次在世界三大球类项目中夺冠。

北航沸腾了！北京城沸腾了！全中国沸腾了！

当时，不知是谁喊了声"走啊，我们到校园游行去"，大家全都从阶梯教室拥了出来。校园里口号声、锣鼓声、鞭炮声、脸盆敲击声此起彼伏。同学们高举着"向中国女排学习"、"团结起来，振兴中华"、"为中华民族崛起而读书"的横幅，激情四溢，彻夜狂欢。

那是个百废待兴的年代，是个需要中国人凭借自己的实力站起来，向世界证明中国人的年代。中国女排的成功，让中国人从"东亚病夫"的阴影中找回自信，证明了中国人的能力和进步。

那是个在精神上需要救助、营养的年代，也是人们迫切渴望寻求新的精神支柱的年代。中国女排用实力和拼搏精神，打败了曾"一统天下"的日本队和强手如林的美国队，当年的女排精神真正起到了振兴中华的作用。

那时的中国，改革开放的大门刚刚打开，思想解放运动如火如荼，爱国主义热情空前高涨，这种精神如同地下翻涌的岩浆，正在寻找一个喷发口——中国女排夺冠，正是一个最合适的喷发口。

一时间，"人生能有几回搏"、"振兴中华、建设四化"、"女排姑娘顽强拼搏精神"，成为那个时代青年励志的一面猎猎飘扬的旗帜。

后来，罗阳在多个场合提到，大学期间，不仅学到了知识，更重要的是受到了坚忍不拔的拼搏精神和爱国主义思想的滋养，这种滋养是可以受用一辈子的。

这是一次期盼了30多年的聚会。

这是一次温馨却又激情四溢的聚会。

2012年8月，北京航空航天大学原五系高空设备专业1978级8551班的25名同学，从全国各地赶到北京。第一天晚上聚餐时，许多人喝高了，还有人落泪了。

当时班里的两位女生也来了。有人调侃说："那时候，我们是何等的老实和不开窍啊，光知道埋头读书，连跟身旁两位美女谈恋爱的念头都没有，好花都让别人摘走了。"

罗阳参加完西安一个会，匆忙赶来时，聚餐已进入尾声。老班长药刚说："罗阳，你迟到了，罚酒，罚酒！"

罗阳连喝了三杯葡萄酒，歉意地说："该罚，是该罚！"

第二天上午，是师生座谈会，当年的任课老师、团总支书记、辅导员、班主任都被请来了。

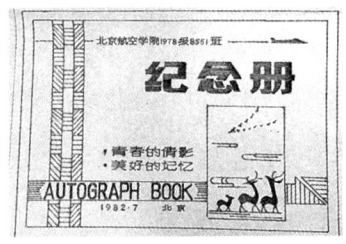

罗阳大学毕业纪念册

会议快开始时，有人轻声说："罗阳呢？怎么不见罗阳？"

沈飞公司副总经理祁建新说："他一大早就赶回沈阳了，下午我们公司还有个重要会议他得主持。"

有人说："我至今也不知道罗阳在干什么，他好像特别特别忙。"

祁建新说："造飞机可能大家都知道，再具体就不能说了。"

座谈会上，方玉峰第一个发言："从1982年毕业离开母校，至今已30年了，往事如歌，令人感慨万端。当年是'恰同学少年，风华正茂'，如今都已步入人生中年。我仔细想了想，我们全班29名同学，经过30年的拼搏，个个都是事业有成，实现了当年在大学时的愿望。我们中间没有一个出国的，没有一个出事的，还有11名同学被提拔为厅局级、1名同学被提拔为副部级。这个'8551现象'，是不是值得研究？"

郑彦良老师接过话头，说："'8551现象'，这的确值得我们好好研究。昨天接到通知，说是要来参加你们今天的聚会，我把这段历史也回忆了一番。你们入学的时候，正赶上全国科学大会召开不久，科学的春天正迈着强劲的脚步走来。全国上下为建设四化、为振兴中华而拼搏。五系也非常重视学生的全面成长。我记得当时主管学生工作的党总支副书记蔡德麟老师，亲自给学生入党积极分子上党课，讲理想，讲奉献；请各学科带头人给学生开'如何做人做事做学问'的讲座，还请现代流体力学奠基人普朗特的关门弟子、我国著名流体力学家陆士嘉教授与学生座谈'如何自学、自立、自强'。为大家坚定理想信念和走上社会后做人做事做学问奠定了良好的基础。我当了一辈子的教师，我始终认为，一个人的求学和成才之路，大学本科四年最为关键。这四年学到的知识技能和形成的精神与行事风格，会在人的一生中起到基础性和决定性的作用。"

李敏老师说："你们这班同学，让我想到了两个词：一是'风气'，一是'努力'。'风气'是说当年学校的风气正，上世纪80年代，是一个充满着理想主义的年代。老师们淡泊名利，一心教书。你们班的风气很正，人人要求进步，学习气氛很浓烈，没有其他什么乱七八糟的东西，我这个班主任也当得很省心。'努力'，是说一个人要想实现自己的目标，必须去努力、去拼搏，这点在你们的身上得到充分的体现。今天，你们每人都收获了成果，是因为你们每人都尽了自己最大的努力！"

老同学、时任国资委副主任的姜志刚在发言中用了这样一个比喻："我们这班同学，聚在一起是一把火，撒开来是满天星！"

"聚在一起是一团火，撒开来是满天星！"

罗阳是满天星中的一颗！

第四章

坚 守

报告文学是最"接地气"的一种文体。报告文学最贴近时代和生活，总是紧紧地追踪社会的热点事件和热点人物。或许，有人觉得报告文学是在"赶时髦"，我倒认为这种"赶时髦"，恰恰是报告文学的生命力之一。

没有采访就没有报告文学，报告文学作家是用"脚步"在写作。因此，报告文学又是最苦的写作，难度最大的写作，最吃力不讨好甚至充满着风险的写作。

为了写好罗阳，我进行了一次中国航空工业史的"恶补"，《中国航空工业史丛书》《中国航空工业院士丛书》《中国航空工业大事记》……三四百万字的阅读量，引领我走进了一个全新的领域，让我享受了一次精神"大餐"。然而，对于我这个门外汉来说，想要踏入航空大门，谈何容易！

紧接着，是超负荷的访谈工作：中国航空工业集团公司（简称中航工业）、沈阳飞机设计研究所、沈阳飞机工业（集团）有限公司（简称沈飞公司）、北京航空航天大学……我的足迹遍布一切和主人公罗阳有关的地方，采访对象是罗阳的领导、同事、老师、同学、亲友……由于主人公本身的"缺席"，很多第一手材料无法直接得到，只好靠后期采访补充，这无疑使采访的工作量和难度翻出几倍……

缘于保密，我们过去对航空工业、对航空人的了解少之又少——这个群体默默奉献、从不张扬，这个群体像"两弹一星"的群体一样，为了民族的崛起、国家的强盛，一直在拼搏奋斗中。

如果不是罗阳，他们将仍然保持缄默。

罗阳的悲壮殉职，使我们得以发现他背后的那个团队，那个能扛大活、能打硬仗的团队。

现在，让我们把目光聚焦在沈阳西郊塔湾的沈阳飞机设计研究所。

这个声名显赫的研究所被称为"航空英才的摇篮"，半个世纪以来，这里先后走出了五位院士：中国科学院院士、中国工程院院士顾诵芬；中国工程院院士管德；中国工程院院士李明；中国科学院院士李天；中国工程院院士杨凤田。

建所以来，荣获国家和省部级以上成果奖达400多项，其中三型飞机荣获国家科技进步奖，一型飞机荣获国家科技一等奖，一型飞机荣获国防科技进步奖特等奖，三型飞机荣获国防科技工业金奖、银奖。其成功研制的30多个型号的战斗机，涵盖了空中优势、舰队防空、对面攻击、侦察和教练等领域。

走进所史展览馆，耳旁响起一阵昂扬的歌声——《告诉世界 告诉未来》：

有一个梦想，

在信念中历尽沧桑；

有一声呼唤，

在蓝天里荡气回肠。

航空报国，

强军富民，

一代代志士上下求索，

为中华铸铁壁铜墙。

有一个奇迹，

在搏击中挺起脊梁；

有一种士气，

在云海里神采飞扬。

航空报国，

强军富民，

一代代儿女前赴后继，

为神州谱写锦绣华章。

啊，告诉世界，

告诉未来，

新的世纪属于中国，

中航工业前景辉煌！

歼8Ⅰ、歼8Ⅱ、歼8Ⅱ系列、歼#系列、歼15……展台上一架架高昂着机头、如长空利剑的歼击机模型，记载着中国歼击机所走过的风一程、雨一程、慷慨壮歌又一程。

伫立在中国飞机设计的一代宗师徐舜寿的遗像前，我久久不愿离去，这是徐舜寿在建国初期与苏联专家在一起的一帧照片，他身着一件在当时颇显时尚的休闲西服，目光执着而深邃，将我带回到那个久远的时代……

徐舜寿1917年出生于上海。其父徐一冰，早年追随孙中山加入同盟会，从日本回国后，在上海创办了我国第一所体育学校——中国体操学校。哥哥徐迟，著名作家，被称为报告文学的"一代宗师"，其作品《哥德巴赫猜想》和《地质之光》，将科学与文学交织在一起，影响了几代中国人。徐舜寿20岁毕业于清华大学机械系航空专业，适值抗日战争爆发，怀揣满腔航空救国的热望，他又考入中央大学航空研究班深造。后在新疆伊宁航空训练班讲授飞行原理，为我国反侵略战争培训空军人才。1940年，他创造了飞机性能捷算法。1944年，徐舜寿作为空军实习生前往美国，先在麦克唐纳飞机公司实习，参与FD-1、FD-2飞机的设计，后在华盛顿大学研究生院进修，专攻力学。

徐舜寿原本可以到英国继续深造，也可以在美国找到一份满意的工作，过上舒适的生活。然而，他心中始终无法割舍自己的祖国。1946年8月，满怀赤子之心和一腔热血的徐舜寿终于回到了上海。谁知，他看

徐舜寿1937年毕业照

徐舜寿与苏联专家游景山公园

到的，仍然是个战争频仍的破碎河山，黄浦江畔炮声隆隆，国民党挑起了大规模内战。为了保障科研工作不受打扰，必须远离战火，徐舜寿只得选择一个离开内战最远的工作——到第二飞机制造厂搞运输机设计。这个为了躲避日军轰炸而建在大山洞里的飞机厂，一到夜里，便成了一个黑暗的世界。两年中的多少个黑夜，徐舜寿凝望着洞口的寒星，为祖国的命运和自己的前程担忧。

淮海战役结束后，分崩离析的国民党政府电令第二飞机制造厂搬迁台湾。徐舜寿以送妻子回老家为借口，回到了祖籍南浔小镇。哥哥徐迟正在南浔中学担任教导主任。当谈及将来的去向时，徐迟说："到东北找三姐夫去！"1949年5月1日，徐舜寿在沈阳找到了三姐夫——沈阳

上图：112厂飞机设计室
下图：歼教1出厂仪式

军管会副主任伍修权。他对徐舜寿不去台湾而来投奔革命大加赞许，他说："新中国成立以后，需要大量像你这样的人才！"不久，徐被分配到东北航校机务处，成为中国人民解放军的一员。

1951年，新中国航空工业局成立，徐舜寿担任飞机处处长。其间的主要任务是为抗美援朝的空军部队修理飞机和生产零部件。此间，他翻译出版了《飞机构造学》和《飞机强度》两书，成为航空技术人员的参考必备书。

徐舜寿想得最多的，则是中国应该自主设计和制造飞机。

在全国向科技进军的浪潮中，1956年8月，新中国第一个飞机设计室——112厂飞机设计室成立，徐舜寿被任命为主任设计师，叶正大、黄志千为副主任设计师。这支平均年龄只有22岁的队伍，代表着当时中国飞机设计的最高水平。他们像一只只雏鹰，渴望到蓝天翱翔。

他们从北京来到沈阳，住在112厂小招待所。当时的条件极其艰苦，黄志千买了一个热水壶，顾诵芬买了一把柴刀，他们自己劈柴烧水，解决用热水问题。

徐舜寿率领年轻的设计师们踏上了一条布满荆棘、充满风险的探索之路，开始了新中国第一架喷气式教练机——歼教1的设计工作。关于飞机设计的指导思想，徐舜寿提出"'熟读唐诗三百首'，但不要'唯米格论'"。即广泛熟悉世界上各种同类飞机的资料，择优而用；对比较了解的米格飞机，既要吸取其长处，又不要照抄照搬。例如，采用两侧进气的方式，就一改米格飞机从机头进气的格局，便于安装雷达和扩大飞行员视野。经过认真调查论证，他们最后确定歼教1的结构和性能为：全金属结构，串列双座，梯形下单翼略带后掠，前三点式起落架，两侧进气，带一门机炮及炸弹挂架，可进行战斗训练；翼展11.43米，机长10.56米，机高3.94米，高度8000米时的最大平飞速度840千米每小时，最大航程1328千米，实用升限14500米，最大起飞质量4602千克。

1958年7月26日，歼教1顺利飞上蓝天，开创了我国航空工业从仿制走向自主研制的先河。

面对"大跃进"的"浮夸风"，航空界也未能幸免，提出了"三年超英、五年赶美"、"尖端产品脚踏美利坚"的夸张口号。1958年8月，我国尚未具备研制超音速飞机的条件，但根据空军的要求，航空工业局决定仓促上马超音速的"东方107"。而此时的哈军工，为了超越美国的F-104和F-105，也推出了"东风113"。这两款高性能战机，连当时的美、苏两个航空大国都没有。

徐舜寿据理力争，他说："我们设计人员还没有掌握超音速气动力学的理论基础，国内还没有可供设计用的跨超音速风洞；在结构设计上，还不能进行有限元应力分析；在气动弹性方面，还不知道如何进行压缩性修改；在材料上，还没有高强度材料和钛合金；在工艺上还不能制作整体壁板和蜂窝构件；液压泵只能做到130个大气压等等。因此，新机指标不能定得过高。"然而，在那个"人有多大胆、地有多大产"的年代，他的意见不仅没有得到重视，还被打成"右倾机会主义分子"，上级机关决定加速设计，争取1959年8月研制成功，向国庆十周年献礼。

根据中苏商定的协议，1959年2月，航空工业局将"东风107"的模型送往苏联"吹风"，并进行技术咨询，发现攻击可变翼不安定，阻力估计过小，性能根本达不到预定要求。1959年5月，航空局不得不决定停止试制。哈军工在试制"东风113"中，也是困难重重，尽管军方力挺，到了1961年6月，也只好宣布试制暂停。

在总结"东风107"、"东风113"教训时，徐舜寿痛切地指出："抢时间也得有现实基础，破除迷信还得有科学分析，敢想敢干还得实事求是，战略上藐视困难还得在战术上重视困难。任何脱离实际、急于求成的做法，只会使工作失常，反而做得更慢！"

1960年6月，苏联政府撕毁合同，撤走在华专家，带走全部飞机图样资料，而且停止了设备和零部件供应，这对于刚刚起步的中国航空工业来说，不啻是釜底抽薪、雪上加霜。

总结了血的教训，中央遂做出"独立自主发展我国航空工业"的决定，由国防工委、国防科委和空军等有关部门，组建国防部第六研究院，集中现有的设计研究技术力量，形成拳头，加快航空事业的发展。1961年8月，第六研究院第一研究所（601所前身）在沈阳诞生。该所集中了当时国内有限的飞机设计力量，由112厂（沈阳飞机制造厂前身）飞机设计室（234人）、哈军工参加"东风113"飞机设计的师生（39人）和空军第一研究所的人员（711人）组成。国务院任命刘鸿志为所长（后任六院院长），翟曾平为政治委员。国防部任命徐舜寿、叶正大为副所长，黄志千为总设计师。

在塔湾这块黑土地上，徐舜寿带着设计人员又一次出发了，他们在探索中国的航空之路，寻找中国人自己的型号。

正值"三年自然灾害"时期，共和国在挨饿，全国人民在挨饿。他们虽然属于军队编制，每月定量供应的口粮也只有27斤，其中高粱、玉米等粗粮占大部分，油和副食品几乎没有。许多人患了水肿病，挽起裤腿，腿上一摁就是一个窝。趴在画图板前画图，画着画着，两眼一黑就什么也不知道了。

刘鸿志所长急了，多方奔走，请求沈阳军区调拨了几卡车黄豆，以解燃眉之急。又组织后勤人员，在苏家屯办了个农场，种植粮食和蔬菜，尽量保证科技人员能勉强吃饱肚子。

一年前，苏联政府撕毁合同，撤走专家。可是，到了1961年2月，赫鲁晓夫又突然给毛泽东写信，表示愿意向中国提供米格-21歼击机的制造权，在中苏关系异常紧张之时，赫鲁晓夫突然做出这样一个反常的友善举动，令人迷惑不解。

米格-21歼击机是当时世界上最先进的新型歼击机，如果苏联政府真有诚意将它的制造权转让给我们，那无疑是我国航空工业的一次转机，不但解决了空军后继机种告急的问题，同时也可以让我们的飞机设计、制造部门来个大练兵，在吃透米格-21的各种性能基础上，设计制造出我们自己的新型歼击机。

协议签定后，空军司令刘亚楼说："要是中苏关系再次恶化，即使现在达成了协议，也只能是一张牛皮纸——不顶用！"

徐舜寿对协议表示怀疑。后来的事实证明，所有的技术援助都是有偿的。而且，苏方交付给沈阳飞机制造厂的米格-21技术资料，故意将一些重要的资料扣下。

国务院迅速做出决定："飞机设计、制造等部门要对米格-21飞机进行全面的技术摸透，为自行设计新型飞机做好充分准备。"徐舜寿要求设计人员通过复制摸透米格-21飞机的全套图纸、技术资料，对米格-21来一次反设计。设计人员要结合在设计超音速飞机中遇到的技术问题，通过必要的计算分析和试验验证，主要解决"是什么？为什么？怎么办？"这样三个层次的问题，从而达到系统地掌握摸透米格-21飞机的结构原理、设计思想和设计方法，为自行设计我们自己的新型歼击机先打基础。

那些日子，为了抢时间，徐舜寿把铺盖卷儿搬进了办公室，夜以继日地用那部手摇计算机成千次成万次地计算着一组组数据。渴了，喝杯啤酒；饿了，吃个苹果。有人向所领导打"小报告"，说他喝啤酒吃苹果是资产阶级生活作风。刘鸿志理直气壮地告诉他们："徐副所长喝啤酒吃苹果，不应该是个问题。你们要想到，啤酒、苹果里面能够'出'飞机！"

日起月落，燕来雁归。摸透米格-21飞机工作——这一"摸"，整整用了3年，达到了预期的目的，徐舜寿和他的设计队伍，在超音速飞机的设计方面积累了丰厚的技术储备。可上级有关部门却明确表示：摸着石头过河，先不急于开展自行设计飞机。

徐舜寿仰望着蓝天，他的心在白云间飞翔。他曾经对人说："我想设计都想疯了！"

1964年5月，一纸调令，将徐舜寿调到了陕西的第六研究院第十研究所（大型飞机研究所）担任副所长兼总设计师。尽管事发突然，但他

（上图）黄志千（右二）、徐舜寿（右三）、叶正大（左一）与苏联专家在一起
（下图）在歼教1前合影，徐舜寿（左三）、叶正大（左二）、陆孝彭（左一）、
顾诵芬（右二）、程不时（右三）

觉得只要是搞飞机，到哪儿都行。"我们这么大一个国家，民航事业发展起来以后，没有飞机可不行，特别是没有大飞机不行。"徐舜寿曾如是呼唤。然而，正当他全力以赴准备测绘试制国产运7飞机时，"文化大革命"开始了，等待他的是一轮轮仿佛永无休止的批斗和虐待。共和国最终未能保护住一个无比忠诚的儿子的生命。

1968年1月6日——徐舜寿被迫害致死，离世时年仅51岁。

罗阳殉职时也只有51岁。

罗阳在后来出任沈阳飞机设计研究所党委书记的就职大会上，曾说过这样一段话："……今天这个场合，我又想起了徐舜寿、黄志千、陆孝彭那些老前辈，当年，在中华民族最困难的时候，他们毅然从海外回到祖国。我们的老所长徐舜寿回国后曾对朋友这样说过：'在美国设计的飞机是属于美国的，而在中国设计的飞机则是属于我们自己的。'在荒草地上、在破厂房里，他们开始了艰苦卓绝的创业，把自己的全部的青春、智慧和心血毫无保留地献给了新中国的航空事业！"

国之重器，以命铸之。对于他人来说，爱国或许只是一句空洞的政治口号；但对于中国的科技知识分子，强国之梦，已成为他们一天天、一年年都在践行的生活方式。徐舜寿是这样，钱学森、华罗庚、邓稼先等大批留学海外的科学家也是如此。新中国成立之初，他们冲破重重阻力，抛弃种种享受，返回祖国。为了民族和国家的强盛，默默奉献，苦苦拼搏。报国梦，是他们毕生的追求。

罗阳生前曾经多次走进这个展览馆，来这里缅怀前辈的丰功伟绩，来这里汲取取之不尽用之不竭的精神营养。

而今，这里挂出了"继承罗阳遗愿，发扬航空报国精神"的横幅，罗阳51年的生命历程升华为一种品格，也成了这块精神领地的一部分……

1982年8月，一个阳光灿烂的上午，罗阳走进了位于沈阳西郊塔湾的中国航空工业总公司第六〇一研究所（简称601所，沈阳飞机设计研究所前身）。

至今，所里的老职工依然记得罗阳刚进所时的模样：瘦高个，戴眼镜，见人说话有些腼腆，一颦一笑充满阳光。

十分巧合，罗阳出生于1961年，沈阳飞机设计研究所也组建于1961年；罗阳的生日是6月29日，沈飞公司成立于1951年6月29日。于是，罗阳殉职后，有人说：罗阳是为沈阳飞机设计研究所和沈飞公司而生的。

罗阳加入到航空队伍中，开始了他"苦行僧"般的工作。那时，我国自主研制生产的二代战机——歼8II飞机正处于设计攻关阶段，可苏27、F16等三代机已在苏、美等国服役多年。

没完没了地论证。没完没了地设计。没完没了地试验。

上马。下马。再论证。再设计。再试验。上马。下马。上马……

一个型号，带走了一代人的青春，一代人的心血，一代人的拼搏；几个型号，带走了几代人的青春，几代人的心血，几代人的拼搏……

从沈阳到广州，火车向着南方驶去，因为没有买到卧铺，罗阳与同事黄宝臣只能在座位上靠看书打发漫长的旅程。

他们这趟是到化工部广州合成材料老化研究所暴晒场做一个课题的，课题名称为《歼8II座舱盖玻璃人工加速老化》，主要是论证歼8II飞机座舱盖玻璃的日历寿命。他们将通过试验找到影响有机玻璃老化的主要因素有哪些（紫外线？温度？湿度？），紫外线是否有交互影响，怎样确定加速人工老化的条件，人工老化和自然老化的对比关系，人工老化的关键是什么。

到了广州，罗阳二人每人背着两根做试验用的紫外灯管，打不起出租车，只好一路问，一路找，找到位于王山元岗的老化研究所。那时候的测试手段很落后，也不知道应该采取什么防护措施，两人在阳光照射下，用仪器每隔半小时测一次阳光中的紫外线强度和四根紫外灯管的紫外线强度。

10月的广州，阳光依然凶猛，罗阳穿件衬衣暴晒在太阳下，浑身冒汗。

一天下来，到晚上洗脸时，黄宝臣问："罗阳，你刚才洗脸时疼吗？"

罗阳说："疼啊，火辣辣的！"

黄宝臣："南方的太阳够毒的。"

第二天一早，两人起床时互相一对视，忍不住又吃惊又好笑，两个北方汉子都成了"花脸"，原来，是被昨天的毒日头晒脱皮了，用手轻轻一撮，一块薄皮就沾在了指头上。

皮肤晒伤了，活儿可不能断，依然是半小时测一次。

第三天，宝臣对罗阳说："咱们应该采取一点什么防护措施？"

罗阳想了想，说："要是有部队那种防毒面具就好了，往头上一罩，什么问题都解决了。"

"到哪儿去找防毒面具？"宝臣挠挠头。

罗阳发现了床旁包灯管的牛皮纸，说："有办法了！咱们自己造个防毒面具。"说罢，取过一张牛皮纸，裁成书本大小，在上方挖了两个眼睛大小的洞，又在边沿穿上两根尼龙绳，一个简单的"防毒面具"做成了。

黄宝臣和罗阳戴上自制"防毒面具"又继续做试验。

经过一个星期努力，罗阳他们获得了大量数据，为歼8II座舱盖玻璃的筛选提供了科学的依据。

当二人从广州回来时，室里的同事一见吓了一跳，"从哪儿来了两位烧伤病人？"

科研是一条布满荆棘之路，如今，罗阳在老一代航空人的带领下，开始了披荆斩棘之旅。

不怕项目多，就怕没项目。

罗阳刚进所的头几年，正赶上中国军工企业最不景气的时候。当时提出的口号是"军队要忍耐"，"忍耐"的含义是国防任务少，装备暂停发展。这一"忍耐"，新型号没了，科研项目大量取消，科研经费急剧锐减。为了维持生存，军工系统不少科研所、工厂不得不自谋生路，"找米下锅"，干民品。

罗阳在 601 所

  八仙过海，各显神通。各研究室发挥自己的专长，挖空心思到市场上去找活干。罗阳所在的九室，先是搞了个供飞碟射击用的"抛靶机"，东西倒是不错，但全国飞碟射击队不多，产品没什么销路。后来，沈阳塑胶四厂找上门来，提供了一张国外"乳胶手套生产线"的照片，希望能开发一套生产线。连飞机都可以设计出来，这种生产线自然不在话下，九室用了不到 3 个月，就把"乳胶手套生产线"给拿下来了。人家给了 90 万元，除去成本，利润是 30 万元。这条生产线在全国共销售了十几条。当然，也有被骗的，为陕西某公司设计的"汽车助力器生产线"，按要求把生产线搞出来了，对方却又不要了，白花了几十万元。

  "全民下海"、"全民经商"的浪潮席卷全国，社会上到处流传着"搞原子弹不如卖茶叶蛋"、"拿手术刀不如拿剃头刀"的段子。

  当时，像罗阳这样的大学生、研究生，每月的工资不过是八九十元，没有科研补助，没有奖金，连谈对象都难。一些人看不到前途和希望，有的出国，有的下海，还有的"孔雀东南飞"，去了深圳、珠海、广州。那些日子，每天都可以看见有人拿着请调报告找所长。

罗阳也陷入了困惑之中。

有一天，他遇到了气动室的设计员赵波，赵波笑着问他："怎么样，想好了吗？"

罗阳有些不解，"想好什么？"

"走不走啊？"

"你是说调离吗？"

赵波有些神秘地说："告诉你吧，前些日子，我做过一次测试呢！"

罗阳有些不解，"什么测试？"

赵波说："报纸上不是到处在登招聘广告吗，我决定试一试自己到底值多少钱，便与深圳的一家香港公司联系上了，对方让把个人简历寄过去，过了一个多星期，对方回话了，准备招聘我。我问了一下工资待遇，对方开口就说基本工资每月1000元，还不包括年终的'红包'。"

罗阳说："哟，还真够高的，光基本工资就是我们的十倍。你真打算走？"

赵波自言自语道："如果仅仅为了钱，那真是应该选择离开。可我们当初满怀激情到所里报到时，难道仅仅是为了钱？要是为了钱，当时就下海了，何必等到今天？"

罗阳拧着眉心，说："我感到有些忧虑，现在任务、项目这么少，长期下去，就怕把所学的专业给荒废了。"

赵波若有所思："我一直在想，我们这么个泱泱大国，如果不去发展航空工业，我们的蓝天靠什么去保卫？我们的民航靠什么去支撑？我们的国防建设从何谈起？所以我觉得，现在这种状况应该是暂时性的。"

罗阳说："对，我也是这么认为的。还有，当年进所的时候，我就想好了：要想挣钱，别干军工。今天，遇到了些困难，就甩手走人，我们还像个男人吗？不能走！"

那时候，方玉峰也遇到了艰难的选择。有一天，他拿着已经在加拿大定居的兄长的来信，对罗阳说："老哥在加拿大连留学的学校都给我联系好了，还帮我申请到了一笔助学金，怎么办？"

"好事啊，这种机会不走，更待何时？"

方玉峰问："你是真想我走啊，还是开玩笑？你自己为什么稳坐钓鱼台？"

罗阳说："我要是所领导，肯定不会放你走。"

"为什么？"

"你不想想，都把你这样的青年骨干放走了，以后所里的活谁来干？"

见方玉峰不说话，罗阳又说："遇到这种机遇，谁都会思想斗争，关键时刻，大主意还得你自己拿。走，还是留，腿长在你身上。不过，我相信你方玉峰是不会走的。"

方玉峰盯视着他，"凭什么那么笃定？"

罗阳胸有成竹地说："你一定还记得当年在北航读书的时候，有天晚上我们一起去看美国宇航员登月的参考片，你是怎么说的。"

方玉峰赞不绝口，"罗阳啊罗阳，你真是神了，佩服！佩服！"

下班回家，罗阳把方玉峰的事儿同父母说了。母亲问他："你要是有小方这样的条件，你会做怎样的选择？"罗阳说："妈妈当了一辈子教师，现在还在考儿子呢！"父亲在一旁插话道："这是你现在面对着的而且必须回答的一个问题。"罗阳已经拿准了主意，说："这半年来，我思想也一直在斗争着，但现在再也不会犹豫了，我决不会离开。"母亲说："这就对了，国家培养了你，你应该为国家做更多的事。"

选择了坚守，便也选择了责任！

几天后，九室主任让罗阳到总师办送份材料，听说是送给总设计师顾诵芬的，罗阳喜不自禁。在所里，总师是很受人尊敬的，在罗阳的心目中，顾诵芬更是个偶像型的人物。尽管他听过顾总师的报告，却一直没有单独接触过。

如果将徐舜寿、吴大观、黄志千、陆孝彭、叶正大他们称为第一代航空人的话，那么，顾诵芬、管德、李明、李天、杨凤田等应该算是第

077

二代航空人。1951年，21岁的顾诵芬从上海交通大学航空工程系毕业后，便投身于徐舜寿、叶正大、黄志千为领军人物的新中国飞机设计队伍中。1956年，新中国第一个飞机设计室在112厂成立，顾诵芬被任命为气动组长。他参与设计了歼教1喷气式教练机，1年零9个月后，歼教1首飞成功。从1964年开始，顾诵芬参与研制歼8飞机，1969年8月，歼8飞机实现首飞。1978年，顾诵芬担任601所总设计师兼副所长，全面主持该所的技术工作。1981年5月，国务院国防工办任命顾诵芬为歼8II型飞机型号总设计师。歼8II型飞机是歼8飞机的改进型，改为两侧进气布局，具有全天候拦射攻击能力。1984年6月，歼8II首飞成功。20世纪90年代，顾诵芬抓住时机，发起并具体组织了与俄罗斯空气动力学和飞机设计方面专家的合作，开展了远景新飞机的方案设计，使我国250多名飞机设计骨干受到设计远景新飞机的锻炼。

一路上，罗阳暗自思忖，顾总师真像一部厚重的大书一样，值得自己好好研读。

顾诵芬在操纵系统试验室

接过材料，顾诵芬客气地问："小伙子，好像不太熟悉，叫什么名字啊？"

"我叫罗阳。"

"哪个学校的？"

"1982年从北航毕业的。"

"好啊，北航人才济济！北航的许多教授跟咱们所都有合作关系。工作还舒心吗？航空事业最需要你们这样的年轻人！"

罗阳欲言又止，犹豫了片刻，还是问了："顾总，我看过一份材料，歼8原型飞机1978年在定型试飞时出现了跨音速抖振，为了找到故障原因，说您先后三次乘坐超音速教练机升空观察，真有这回事吗？"

顾诵芬笑了，"是有这回事，不过，那都是老皇历了。"

"为什么当时一定要亲自上天观察呢？"罗阳又问。

顾诵芬说："当时，所里的歼8还在试飞，出现了抖振问题，部队着急，我们也着急。我们初步判定振源在后机身，按说应该在风洞中进行尾部流态观察，但当时我们的风洞尺寸太小，不具备条件。所里又没有其他手段，连台带望远镜头的照相机都没有。我提出采用最原始的方法，乘坐教练机上天观察飞行中的歼8飞机后机身流场。我申请上天，六院批准了，但试飞团开始不同意，说你总设计师上天了，要是万一有个三长两短的我们怎么交代？再说你又从来没有接受过正规的飞行训练，你的身体怎么受得了？我说你们整天飞都不怕，为什么我上天就会'万一'。他们见我态度坚决，也就同意了，那时候管理比较松，以后就不行了。然后，让我到卫生科检查身体，身体没有什么大毛病，就是营养一般，要我先吃一个月空勤灶。我老伴是个医生，我怕她担心，不敢告诉她上天的事情，早上、中午到试飞团吃空勤灶，晚上还是回家吃饭。"

罗阳问："第一次上天，紧张吗？我们一般人能不能吃得消？"

"紧张，怎么不紧张？"顾诵芬说，"这又不是坐民航机。也肯定是遭罪的，尽管是教练机，但飞机一加速、一转弯，就觉得头昏脑涨，浑身出汗。为了在不同高度、不同速度、不同方位观察歼8的流场,教练机与歼8是等速、等距飞行,两机最近距离只有十余米。第一次上天我吐得一塌糊涂,顾不上空中观察了,接着又第二次、第三次上天……"

"这么危险,为什么一定要上天?"罗阳又问。

顾诵芬一脸肃然,"歼8是我们所自主设计的第一架高空、高速歼击机,也是当时我国第一架高空、高速歼击机。歼8飞机1969年首飞以后,已经十几年了,一直还没有定型,上上下下都着急。特别是部队,更是着急,没有新飞机,靠什么打仗?飞机出了问题,只能是靠设计师想办法去解决,再危险你也得往前冲!"

"抖振问题后来解决了吗?"

"通过在天空上的观察,发现是后机身机尾罩与平尾后缘根部形成的锐角区造成了气流严重分流所致。故障原因确定后,我们采用局部整流包皮修型方法,抖振问题迎刃而解。1979年最后一天,盼了多少年的歼8,终于定型了。开完定型会,已经是晚上10点,当时,也没举行什么招待会,就在112厂食堂一起吃顿夜宵,当然要喝酒,首席试飞员尹玉焕特别兴奋,用大碗喝,醉得一塌糊涂。散了以后要回家了,我们管行政的赵副所长清点人数,发现我不在场,后来在厕所里找到我,我还在里面吐呢,的确是高兴啊,喝多了。"

罗阳也显得很兴奋。

顾诵芬又说:"今天你问到这件事,让我想起了这些往事,作为一名飞机设计师,永远都有一种急迫感,永远都有压力!"

"航空报国",不是一句空话,这需要几代航空人淡泊名利,耐住寂寞,去奋斗、去拼搏!

尽管那几年同罗阳前后脚进所的大学生、研究生,有三分之一调离走了,罗阳却选择了坚守,他像一名战士一样,依然坚守在这块阵地上。

这种坚守不是仅仅止于言谈话语的表白,而是决心用生命去忠于自己所选择的事业,忠于为整个团队所共同默认的价值观。这种坚守,是

顾诵芬给空军副司令员曹里怀等领导汇报歼 8 飞机情况

一个儿子对母亲忠贞不渝的承诺。

在设计员的岗位上，罗阳一干就是 10 年，取得了骄人的成绩：

——在国内首次采用气动力分析法进行飞机座椅的适应性分析；

——在国内率先开展透明件材料人工加速老化研究，填补了国内在这一领域的空白；

——提出了一种新的计算机仿真方法，有效地解决利用元部件的可靠性数据进行系统可靠性参数置信区间评估的问题；

——主持了歼 8 系列飞机弹射救生系统重大技术攻关，并顺利实施。

……

对于那段历史，孙聪也是刻骨铭心，他说："能在改革大潮下留在航空战线上的，能身体力行抵挡住外界诱惑的，我们靠的就是一份坚守、一份责任和一份担当。那时候我们航空工业有多穷！多尴尬！全所 2000

多人只干一个小的改进型号。我们每个月的工资只有八九十元。同我一年分配来的大学生有六七十人，结果一半都走了，我们当时自己嘲笑自己：没能耐的人留下来了，有能耐的人全都出去发大财了。"

　　罗阳的好朋友，已经是中航工业气动院院长的赵波对我说："在罗阳的人生道路上，这是第一次考验：留下还是离开？这实质上就是理想和信念的考验。罗阳是做事业的人，'做事'和'做事业'有很大差别，做事往往带有功利性，事情只有与'业'联系起来，与'行业'联系起来，对国家对社会形成影响力，才能是事业，你即使只是这事业中小小的一分子，也是有意义的。我和罗阳都喜欢这种有意义的感觉。"

第五章

"七匹狼"故事

"一、二、三、四、五、六、七！"

"七匹狼"上阵了，它们组成前三角队形，以战斗者的姿态，向前飞奔。

那不是呼伦贝尔草原上的七匹狼，也不是腾格尔沙漠中的七匹狼，而是601所的"七匹狼"……

1999年底，601所新一届班子组成，新班子9名成员中，一下子进了7名年轻人——历史已经将"航空报国"的重担，交到了这些以80年代毕业的大学生为主体的第三代航空人肩上。

新班子中7名年轻人是：

所长兼党委副书记李玉海（后提拔为中航工业副总经理）；
党委书记兼第一副所长罗阳；
总设计师孙聪（后提拔为中航工业副总工程师）；
副所长方玉峰（后提拔为中航工业飞机股份有限公司董事长）；
副所长刘华翔（后提拔为中航工业重大项目部新机办主任）；
副所长赵波（后提拔为中航工业气动院院长）；
副书记王宗文（后提拔为中航工业气动院党委书记）。

第五章 "七匹狼"故事

那几年,有一个叫"七匹狼"的男装正在大打品牌广告,于是,有职工私下戏称他们为"七匹狼"。因为这7名年轻人都是所里的佼佼者,他们各有专长,可谓强强组合,但也有人担心他们个性太强,怕会"掐架"。

有一次开党委会,罗阳问:"听到最近人们背后怎么议论咱们吗?"

大伙儿一时有些不解,王宗文问:"此话怎讲?"

罗阳说:"说咱们是七匹狼!"

大伙儿一听乐了,七嘴八舌说开了:

"狼,好啊!在所有动物中,狼是最有血性的动物之一。"

"有血性,说明有战斗力,敢于拼搏!"

"在茫茫草原上,狼是最有团队精神的!"

当"七匹狼"的称谓刚传到罗阳耳中时,他也曾暗自思忖:7个青年人,都挺强势,也都有个性,齐心协力,便是一个强有力的团体;如果搞不好团结,相互掣肘,又将成一盘散沙。

罗阳扫视了大家一眼,说:"兄弟上阵,七匹狼;兄弟拉车,八匹马。既然称咱们是狼,那就充分展示狼的特性:团队、激情、担当和忍耐!"

罗阳说话声调不高,但是仿佛带有一种金属的撞击声,那不是普通金属,而是制造飞机用的高强度合金钢,因此它有着很强的穿透力,让所有的人都能感受到他的激情与力量,更能体会到他话语背后的深意。

085

从技术岗位转行到党政岗位，对于十分看重专业的罗阳来说，也曾苦闷、纠结、也曾挣扎、犹豫。记得1994年，组织上拟提拔他任所组织部副部长，他对找他谈话的刘春义书记说："能不去吗？书记！"刘春义问他为什么，他说自己好像不是干这种工作的"料"，还是希望干自己的专业。经过和刘书记一番推心置腹的交谈，罗阳终于豁然开朗了。刘春义说："像我们这样的科研单位，总是需要有部分同志改行去承担党政工作，你把党政工作做好了，同样是在为科研作贡献。我当年在北航学的是发动机专业，现在不也在做党委工作吗？具有专业知识的同志，做党政工作，从某种角度说，更加得心应手。"

一旦组织上决定了，绝不这山望着那山高，绝不讨价还价——这就是罗阳。

1995年，罗阳被提拔为所党委组织部长。所党委看重他的组织能力，更看重他的低调、谦虚、沉稳。

罗阳当部长后遇到的第一件事是处理所里一位离休老同志的工龄问题。

老同志叫何龙，档案材料登记他参加革命的时间是1945年9月20日，但何老却说自己1944年就参加了当地农会游击小组，参加革命的时间应该从1944年算起。可别小看了这几个月，1944年算抗战时期，1945年9月便只能算解放战争时期了。这其中牵涉到荣誉、待遇等等一系列问题。何老一直向所里和上级反映，但问题一直没有解决。

罗阳看了申诉材料，问组织干事："这件事部里是什么意见？"

组织干事说："主要是时间太长了，过去了半个多世纪，现有证据不充分，无法认证。"

罗阳又问："你们去没去过何老的原籍调查？"

"没有。"

"为什么不去呢？"

"历史这么久了，恐怕难以查清。"

"既然这样，就去调查了解一下，再下最后结论。"

第五章 "七匹狼"故事

601所生活区

罗阳决定派两个同志去外调。

两位同志到了何老的家乡河北省崇礼县，找到了县委组织部。据何老申诉当年是在自己的家乡西湾子小西沟参加农会游击小组，经查阅县党史资料，对于小西沟是否有农会一事无明确记载。组织部派人陪同两位同志走访县里的几位抗战期间参加革命的老同志，据他们回忆，1944年至1945年6月30日前，西湾子属于日伪敌战区，当时我党的组织和活动是秘密的。为了抗日救国，一些农会经常组织一些游击活动，如侦察日军行动、给八路军送信等。既然有农会（游击小组），其性质就应属于党的地下武装斗争，其活动是受上一级组织领导的。何老当年参加的游击小组活动，应当视为革命工作。因此，中共崇礼县委组织部函告601所党委组织部："鉴于上述情况，我们认为，确定历史问题在查无实据的情况下，应尊重当时的客观实际和历史背景，对何龙同志参加革命工作一事，应根据中组发[1982]11号文件第三条规定执行，何龙同志参加革命工作时间应从1944年1月算起。"

罗阳认真研究了有关老干部政策，认为何老的情况符合政策条件。经请示中共沈阳市委组织部同意，601所党委决定，将何龙同志参加革命工作时间由1945年9月20日，改为1944年1月。

当何老拿到这份盼望已久的文件时，两眼饱含泪花，他说："谢谢罗部长，感谢党组织对我历史的认定。"

罗阳说："何老，应该感谢的是您，感谢您为中国革命做出的贡献！"

通过这件事，罗阳深有感触。他对部里的同事说："组织部工作无小事，我们应该尊重每一个同志，关爱每一个同志。"

1996年，罗阳向党委建议举办青年干部培训班，他精心制订了培训班内容。三周时间，第一周在所内学习，主要是请老所长谈青年干部的使命，请老专家讲航空发展展望，请第一批新上任的青年干部讲走上领导岗位后的基层管理和党政融合工作经验。第二周到深圳中航技学习现代企业管理。第三周去香港参观培训。当时做了预算，去深圳和香港需要近30万元。有人质疑，说在哪儿培训不行，非得去深圳、香港，花

2008年10月，601所5位院士聚首沈阳（从左至右：李天、李明、顾诵芬、管德、杨凤田）

那么多钱。罗阳力争，他说："我们暂时还没有财力送他们去国外，但起码可以先去深圳特区、香港看看，开开眼界，让他们近距离接触现代化企业，了解一下什么叫现代企业管理。经费我们已经做了最大的压缩，坐火车，住小旅馆，自己带干粮。"

当时，中航技的一位副总深受感动，他对培训人员说："你们所舍得花这么大的代价送你们出来培训，你们所的领导眼光看得真远，了不起！"

赵波说："罗阳在任组织部长期间，在人才培养和队伍稳定方面主要做了两项有重要意义的工作：一是稳定队伍，确保员工成长，让年轻的设计队伍顺利地接过老一辈设计人员的接力棒；二是培养了年轻队伍的综合能力和素质，其中更多的是提升为国家作贡献的胸襟和素质，让离开沈阳所的人，也能在航空领域之外为社会发展作出贡献。"

当时，管理、考核干部，不像现在有一套比较成熟的体系可以参照执行。1998年，组织部第一次组织了对干部的全方位考核，就是请职工群众从"德、勤、绩、廉"四个方面，对干部进行测评。部里有些同志表示担忧，怕评不好了遭人怨。

罗阳说："对干部的考核一定要公开化，要有透明度，不能藏着掖着。谁干得好，谁干得孬，群众最有发言权。"

考核结果在全所干部大会上一公布，每个人得多少分，白纸黑字一清二楚，好的90分以上，差的不到及格线，许多干部如坐针毡。

刘春义所长满意地对罗阳说："让群众来考评干部是个好办法，群众眼睛最亮，而且最公正，组织部这一招还真灵。这几天，老有一些分数低的干部来找我，表态说：'所长，我以后一定好好干，下次一定争取得个高分。'"

到了2000年罗阳当党委书记以后，干部考核更加制度化、标准化，凡是考核不及格的，不但会被亮黄牌，还有调任、降级使用的，更严重的还有被免职的，而且不保留待遇。

罗阳是个很纯粹的人，他从来没有把党和人民赋予自己的权力，拿来作为谋求个人私利的工具。他时刻在想的是如何代表党委用好这种权力。

赵波和罗阳是一起调到所机关的，罗阳任组织部长，赵波任所办主任，直到罗阳调入沈飞，其间有七八年时间，他们一直都是朝夕相处。中午一起去生活区的小饭馆用午餐，为了节省时间，几乎天天都是每人一碗面条。后来，又一起进了所领导班子。罗阳是党委书记，赵波是负责三产、民品的副所长。

有一次，为一个负责经营实体的支部书记的任命问题，两人发生了意见分歧。赵波想选拔一个有朝气、有干劲的年轻人，罗阳想选拔一个经验丰富的老同志。两人都觉得自己有道理，各持己见，互不相让。别看罗阳平时是个慢性子，说话轻声细语的，但这次，两人争得脸红脖子粗。

从早上9点一直到11点半下班，谁也没能说服谁，结果是不欢而散。

中午，两人没一块去吃面条，赵波觉得有些沮丧，回到家，连饭都不想吃。正在这时，罗阳的电话追来了，让他过去一趟。进了罗阳家，只见罗阳已经泡好了两桶方便面，对他说："先吃点东西吧，再消消气儿。"

片刻，罗阳说："今天，这是怎么了？都是为了工作，气头怎么这么大？我们俩难道不能都冷静一些，心平气和地听听彼此的看法？首先跟你做个检讨，上午我态度不好，请你原谅！"

赵波笑了，"都怪我太着急。主要是因为这两年所里的民品一直打不开市场，我想找一个有思想、有闯劲的年轻人去闯闯；你提的那个老同志，也不错，缺点是保守了一些。"

于是，两人一边吃着方便面，一边交着心。最后，罗阳接受了赵波的观点，起用了那位年轻干部。

无论是当组织部长，还是当党委书记，在干部问题上，特别是选拔干部，罗阳显得特别谨慎。他说权力是党和人民给的，就是要为党和人民选出最优秀的干部。在这个问题上，不允许出差错，出了差错就会给国家的事业造成损失。

航空工业是知识密集型的、是人才聚集的场所，罗阳强调："企业最宝贵的资源是什么？是人才！"如何发现人才，培养人才，使用人才？601所党委提出，党管人才工作就是集合：思想集合，组织集合，潜力集合。

罗阳曾经给干部轮训班的学员讲过一堂课，他传授的"九商"理论，至今仍在学员们心中留下深刻印象。

罗阳说，一个人的"心商"，就是心态，时刻秉持积极的心态，人的一生才会拥有健康、幸福、财富；"德商"，也就是一个人的道德品质，"小胜在智，大胜在德"，人必须加强道德品质修养；"志商"，是一个人确立人生志向和目标的能力，"小志小成，大志大成"，罗阳用曹操"夫英雄者，胸有大志，腹有良谋，有包藏宇宙之才，吞吐大地之志也"的话，进一步阐述志商的重要；"智商"，则是人的智力发展水平，罗阳鼓励大家，人的大脑就像沉睡的"巨人"，一般人只用了其中不到百分之十的智慧，要不断进行开发而掌握更多的知识和本领；"情商"，是人认识管理自己的情绪和处理人际关系的能力；"逆商"，是人认识逆境战胜逆境的能力;"悟商",是一个人对人和事物本质慎思明辨的能力,无形生有形,要学会看到隐藏在事物背后的本质;"财商",是理财的能力,要让金钱为人服务,不要做金钱的奴隶;"健商",维护健康的能力。罗阳说,如果用一棵大树做比喻,"心商"、"德商"、"志商"是大树之根,"智商"、"情商"、"逆商"、"悟商"是大树之干,"财商"、"健商"是大树之果。对于一个人来说,同样如此,要修炼"九商",努力做一个身心都健康的人。罗阳用"九商"理论来与年轻干部共勉。

601所党委长期以来形成了一套行之有效的人才培养、管理方法,至今还在发挥着作用。

"猫论":邓小平说无论白猫、黑猫,抓住耗子就是好猫。拔尖人才首先要他抓"耗子"以及培育他抓"耗子"的本领。考核他是要嘴皮子还是干实事。一般来说,有创新精神,能搞出产品,效益利润高的,任务完成得好的,群众满意并得到实惠的,就是好样的。

"小狗游泳论":一群小狗,看样子都可爱,但谁最有本领,只有将它们扔到水中才能检验出来。因此年轻的领导干部要让他们下水"游泳",要让他们在逆境中锻炼,要从摆在他们面前的难题上考察他们的韧性。通常闯过难关能把困难企业振兴的、能够做出成绩的就是好样的。

"塔论":干部成长过程中是"扎堆"的共生的。按马太效应,人才会形成梯次,自然会形成塔形结构。在竞争中,优秀的会上来,相形见绌的会下去,各层经常错动、移位,爬到顶上的人才是尖子,是当领导和专业带头人的材料。

"台阶论":人才成长要一个一个台阶地上,可以上得快一点,但一般情况下,每个台阶都得走,每经过一个台阶,他都会受到锻炼、学会工作方法,体察到每层次的民情。而且每上一个台阶,上级领导群众才能认识他。这样,他的基础才扎实。拔苗助长、撑杆跳上来的干部,10个中有9个是不成才的。

王宗文感慨地说:"我们这个班子有一个共同的特点,如果我们个人的想法与组织上有偏差的时候,有个人不同意见的时候,在决定之前,我们可以充分讨论,甚至允许拍桌子。但是,一旦组织决定下来之后,我们都要坚决服从,全力执行。"

罗阳也经常说:"'七匹狼'之所以能够团结战斗在一起,是我们共同的价值观驱使着,国家利益是我们的最高利益,大家心中都有一个共同的目标,就是尽快缩短与航空工业发达国家之间的差距,加强自主创新,促进航空工业更好地发展。"

刘春义把罗阳看作是自己的弟子,而在罗阳的眼中,老所长是自己最尊敬的师长。

刘春义也是武汉人,1955年高中毕业,被保送到当时的北京航空学院。1960年,他带着火一般的激情,满怀筑造祖国蓝天长城的壮志,踏上了当时条件十分艰苦的东北黑土地。在601所39年来,刘春义先后担任设计员、专业组长、设计室主任、党委副书记、党委书记、所长兼党委书记、所长等职务。他曾经动情地说:"一生干航空是我无悔的选择。"当然,选择也是双向的,他选择了航空事业,航空事业也选择了他,造就了他,委他以重任。

1997年罗阳升任所党委书记时,刘春义还在所长任上。记得有一次,罗阳在向他请教如何做好党委书记时,刘春义说:"党委书记的职责是集合。"什么是"集合",他又解释说:"集合就是凝聚,就是政治核心。思想集合,组织集合,智慧集合,只有集合才有力量,只有集合才能立于不败之地。"

在谈到企业的思想政治工作时,刘春义告诉罗阳:"企业的政治思想工作也是管理工作,是国有大企业管理的重要组成部分。型号研制既是一个技术过程,又是一个管理过程。在型号研制中,思想政治工作的作用,是行政手段、经济手段和技术手段不能替代的。而行政手段、经济手段和技术手段要想更好地发挥应有的作用,也必须靠思想政治工作提供有力的思想保证。只会用权力手段,不会用思想政治工作手段的领

国家的儿子

上图：歼8战斗机
中图：歼10战斗机
下图：苏27战斗机

导干部不是称职的领导干部,'两手抓、两手硬'才是领导干部的真本事。"

1999年底,601所新老班子顺利交接,"七匹狼"接过了接力棒。

这次交接还有个小插曲:当时罗阳和李玉海都进入了所长的后备人选,罗阳已经是党委书记,而且资格还比李玉海老一些。集团公司经过反复的考核、比较,最后还是选中了李玉海。一是因为李玉海是学飞机主专业强度专业;罗阳是搞高空救生,属于系统的。二是大家认为李玉海的魄力更大,干行政更合适。集团公司怕罗阳有想法,派老领导袁立本来做工作,没想到的是,不大会开玩笑的罗阳,借用歌曲《妹妹你大胆地往前走》,很潇洒地开了个玩笑:"玉海你大胆地往前走!"显示了他坦荡开阔的胸怀。

老所长刘春义在离职演说中,深切寄语新班子成员:

"建设一个有魄力、能开拓、努力实干、坚忍不拔的年轻领导群体是我们迫切的期望。主要领导的洞察力、决策力、综合平衡水平及勇于献身精神在很大程度上决定着单位的命运,正因为如此,上下都非常认真地挑选我所的年轻班子,这就是期望。希望年轻人努力学习,勇于实践,提高综合素质。作为班子的整体,团结是最重要的,形成整体才有力量。不团结,越能耐,破坏力越大。我期望新班子要在党委领导下,团结得像一个人一样,顾大局、弃小利、高度团结,紧密合作,充分谅解。只有如此,才能取得更大的胜利。"

一代人重托,一代人传承。

罗阳喜欢读书,喜欢思考。几代人的实践与拼搏,罗阳将它总结为"团结拼搏,严谨求实,艰苦创新,献身航空"的601所精神,其基本涵义是:团结拼搏的集体英雄主义精神,严谨求实的科学精神,艰苦创新的开拓进取精神,献身航空的敬业报国精神。核心和精髓是航空报国。

"生于忧患,死于安乐",李玉海和罗阳两匹"头狼",一上任便意识到,尽管当时所里所承担的军品科研任务,是多型号多课题平行交叉,但几年之后是不是还会如此,谁也说不准。因此,他们强调要有忧患意识,要把劲使在2005年之前,把眼光放在2005年之后。

在领导班子成员第一次会上，罗阳说："这些日子，央视正在热播《突出重围》电视剧，我觉得我们所就如同剧中的 A 师一样，历史上有过战功，但在新的形势下却落伍了，不卧薪尝胆，不奋起直追，我们就会被时代的潮流所抛弃。我们一定要有忧患意识，我非常赞同这样的观点：一个没有忧患意识的民族，永远不可能成为强盛的民族；一个没有忧患意识的单位，永远不会保持长盛不衰。我们正处在一个历史的连接点上，机遇与挑战并存，我们也要'突出重围'，去迎接新的战斗！"

这的确是个历史的连接点——

时间可以追溯到1989年的那场政治风波，西方发达国家以此为借口，扯起了对中国进行"制裁"和"禁运"的大旗。美国和法国借机先后批准向台湾出售120架F16战斗机和60架"幻影"2000型战斗机，这两种战斗机是当时世界上已经服役的第三代战斗机中的代表机型，而当时我们的歼10战斗机还处于研制的前期，属于二代机的歼8连南沙都飞不到。海峡两岸空中力量的对比开始发生不利于中国大陆的变化，台湾"台独"势力甚嚣尘上。

此时，能与F16和"幻影"2000抗衡的，只有俄罗斯集苏联航空技术之大成、也是世界上第三代战斗机中的佼佼者的苏27，而俄罗斯为本国经济复苏寻找出路，也向中国打开了大门。中国政府审时度势，决定通过对俄军购和军事技术合作，来抗衡西方的"制裁"和"禁运"。

1993年11月中俄双方开始会谈，经过6轮谈判，1995年12月签定了政府间协议与许可证转让合同。中方将此称为"××号工程"。

对601所来说，建立和打通生产线的第一步，就是接收俄方生产许可证设计资料。1996年至1998年，俄方先后向沈阳空运了×批苏27飞机相关资料，其中移交601所的资料包括设计图样共计××万页A4纸。

在为期一年的国外培训期间，601所和沈飞公司先后派出多批人员赴俄罗斯阿穆尔共青城飞机制造厂，进行苏27飞机生产制造方面的现场技术培训。培训以飞机生产制造相关内容为主，专业涉及飞机生产制造的主要领域。

601所作为总设计师单位,承担飞机设计和技术协调工作,先后派出了几百人的跟产、跟飞队伍,全面配合沈飞公司的生产,共同处理生产中发生的各类问题。

1998年×月,0001架飞机试飞成功。

2000年,沈飞公司共交付×架飞机。

2000年×月,随着飞机全机静力试验圆满完成,标志着跨国转厂生产苏27飞机已获成功,生产线已完全打通。

敏锐的洞察,科学的预见,超前的思维,这才是现代企业管理者的眼光。

对于一个战斗机的研制单位来说,能否将目光始终瞄准世界最前沿的航空科技,决定其能否在激烈的竞争中永不落伍。罗阳1998年出任601所党委书记伊始,便把国产化看作是"××号工程"总规划中一个重要阶段和目标。罗阳心里明白,对于这样一种处于世界先进水平的战斗机而言,只有真正实现国产化了,才能算真正掌握飞机的核心技术,那时候飞机才真正算是我们自己的飞机。

相对于之前的引进与打通生产线,此刻,罗阳的压力更大。

按照合同规定,俄方仅提供用于生产的设计资料,有关飞机的原始设计资料,俄方均严格控制。在这种情况下,要想掌握设计主动权就必须要摸透消化苏27飞机的设计技术,不仅做到知其然,还要做到知其所以然,这样将来才能在其基础上举一反三。

2000年8月,苏27飞机国产化技术方案评审会和成品协调会在601所召开。至此,"××号工程"国产化的研制工作全面展开。

给人们留下更多回忆的是灯光,设计室的灯光,资料室的灯光,那些日子,601所办公大楼常常是彻夜灯火通明。

罗阳对"××号工程"的总师李明院士说:"当年,我们的首任所长刘鸿志经常对徐舜寿、黄志千等专家说,我这个所长是'条件所长',我给你们创造条件,做好保障工作,但真正出飞机还得靠你们。今天,我也是你们的'条件书记',所党委一定会尽最大力量,为你们创造尽可能好的条件。"

大家公认，罗阳这个"条件书记"当得非常到位，十分合格。

经过近3年的拼搏，2003年12月，歼××成功实现了首飞。

从引进苏27飞机和部分生产许可证，到建成歼××飞机生产线和国产化歼××飞机的研制成功，使我国实现了从研制和生产第二代歼8系列飞机，到研制和生产第三代重型歼××系列飞机的跨越，完成了技术和产品的更新换代，培养了一批专业人员。

2001年底，李明卸下了601所总设计师的担子。2003年底，孙聪接任歼××系列型号总设计师。歼××型飞机2006年完成设计定型，2008年获国防科技进步特等奖；2010年，歼××飞机和"太行"涡扇发动机研制获国家科技进步特等奖。

航空界一般用"代"来表示战机的先进程度，一代机相当于10至15年时间。2000年前后，正是我国的"二代机"向"三代机"转型的关键时机，抓住这次机遇，便能迅速拉近我国与西方发达大国之间的差距；而一旦失去了这次机遇，这种差距将越拉越远。

如何吸收当今最先进的科学技术，罗阳有他自己的见解，他用"吃饺子"来做比喻，说："我们学习先进科技就像是吃饺子一样，可以从种麦子开始，到磨面、和面、擀皮、包饺子；也可以直接买饺子皮来包饺子；不想包的话，还有更省事的——买速冻饺子。从种麦子开始，尽管享受了过程，但周期太长，就如同我们关起门来，靠我们自己的力量来研制三代机，也许我们也会成功，但时间很长，部队已经等不及了。买速冻饺子快，但失去了过程的乐趣，这就像我们买人家的先进战机一样，东西好，也快，但不是我们自己的。买饺子皮自己包，既节省了时间，又享受了过程。所以，在航空科技快速发展的今天，我们不一定必须从'种麦子'开始，完全可以尝试站在巨人的肩膀上，快速进入，高起点发展。"

机遇永远钟情于有准备的人。

以"七匹狼"为代表的新一代航空人，捋顺了发展思路，智慧而果敢地抓住了这一机遇……

第六章

新官上任不烧火

初夏的沈阳，这个以粗犷、厚重出名的北方工业重镇，此时树绿了花红了，也难得地变得妩媚、柔和起来。

罗阳的人生路上又遇到了一次工作变动。

2002年7月，一纸调令将他从601所调到沈飞公司任党委书记。601所与沈飞公司是平级，罗阳这次属于平调。上级有关部门的说法是沈飞公司是航空工业的龙头企业，需要有一位能把握全局的党委书记，同时也考虑到厂、所融合和人才交流的需要。但在一些同事看来，像罗阳这么优秀的干部，没有提升而是平调，亏了。

罗阳自己倒没想那么多，这么些年，对于调动升迁他从来都是听从组织的安排，习惯了。

上任那天，罗阳没有通知沈飞公司，也没有告诉601所，他没有要车，决定自己再走一走从601所到沈飞公司的这条路——这是一条熟悉得不能再熟悉的路，他当设计员时，到沈飞公司跟产，曾经多次走过这条路；当了601所领导以后，他也多次经过这条路，到沈飞公司参加协调会。今天，走在这条6公里长的路上，望着路旁满目摇弋的柳枝、笔直的穿天杨，还有不时从头顶飞过的鸟儿，罗阳的心头布满了阳光。

早晨，临出门前，妻子王希利说："我们的书记同志，新官上任，不打扮打扮？"

罗阳回过脸来，反问道："怎么打扮？西装革履，再扎上领带？"

王希利说："不西装革履，起码也应该换件新衣服吧。"

罗阳看了看自己身上的衣服，说："这件夹克衫不挺好的吗？"

王希利叹了口气，"一件夹克衫穿三季，你一个现代大企业的负责人，怎么没有一点的时尚感？你对生产飞机，认真到连一颗螺丝钉、一个胶垫都不放过；可对自己的穿着不说精心吧，咱们起码得过得去。你不怕别人说闲话，我还怕人背后议论'罗阳的妻子管得多紧，连件衣服都舍不得给先生买'。"

罗阳一直戴着一块黑色的卡西欧电子表，表带是黑色帆布制的，时间长了，边缘露出了白线头，他就自己用碳素笔描黑了继续戴。司机劝他扔了，说现在谁还戴这种表？更何况您这种身份。罗阳却有自己的看法："戴手表不就是为了看个时间吗？追求其他形式有何意义！我什么身份？普通劳动者一个。"后来，表带断了，他不知从哪儿找了一条钢制的表带换上，接着戴。

穿着问题是他们夫妻之间经常发生的一个矛盾，罗阳是个生活极其简单，极不注意穿着打扮的人；王希利又是个很认真的人，有时看不过去，免不了要说他几句，罗阳常常是"虚心接受，就是不改"，我行我素。

出门时，罗阳扭头一笑，说："你放心吧，我什么时候上报纸登个广告声明：本人穿着打扮，纯属本人爱好，与夫人无关！"

王希利拿他没办法，叹了口气，"你啊你……"

这不是在作秀，简朴已成为罗阳的一种生活方式。不是他不热爱生活，也不是他不会享受生活，而是除了生活，他有更高的追求！

人说"新官上任三把火"。

罗阳连一把火都没烧。

他不喜欢从汇报中了解一个单位的情况。

"要用自己的亲身感受去掌握第一手材料。"这是他经常说的一句话。

进厂第二天，罗阳交代厂办主任，找几位老职工，他要去几个老地方走走。

这一走，便打开了那扇厚重的历史大门……

沈飞公司的前身可追溯到1930年张学良任东北军司令时修筑的北陵机场。"九一八"事变后，侵华日军在北陵机场的原址上，修建了飞机场和工厂，修理军用飞机和组装小型飞机。1948年11月，沈阳解放后，我东北人民解放军航空学校接收了屡遭破坏的北陵机场，并在此基础上建立了第五工厂，召回失散的工人，开始修复厂房和修理飞机。

抗美援朝战争爆发后，空军派遣空 4 师 10 团率先开赴前线丹东机场，工厂随即成为志愿军空军的后方基地。此时，苏联向我国提供的 100 多架米格 15 喷气式战斗机的成套部件运抵工厂。工厂马上组织飞机的组装。空军 28 大队大队长李汉驾驶工厂组装的米格 15 飞机，第一个打下了美帝的 F82 飞机；王海一人击落敌机 9 架，他所驾驶的飞机被誉为"功勋飞机"。

在空中格斗中，我军飞机在投入作战前，都挂载装满燃油的副油箱，当发现敌机后，再将副油箱扔掉，以增强飞机的速度和机动性。由于战事紧张，飞机挂载的副油箱消耗很大。1950 年 12 月 21 日，空军司令员刘亚楼陪同朱德总司令来到工厂，找到熊焰厂长，要求他在 3 个月内生产出 3000 套副油箱。

退休老工人白云鹏指着跑道旁的一片空地说："当时在这里有个加工车间，我们就是在里面干活的。日本投降的时候，苏联红军运走了一些机床设备，后来国民党接收人员又倒卖工厂的物资。我记得那天就在车间的门口，朱总司令对大家说：'工人师傅们，拜托你们啦，前线的志愿军飞行员正等着副油箱呢，没有副油箱，飞机就飞不远。'当时既没有图纸，又没有专用工具，厂里把能工巧匠全部集中起来，全凭手工敲打。"

罗阳说："我看过一份资料说，苏联飞机的副油箱是用铝材加工的，当时我们工厂没有铝材，是用白铁皮替代的。"

白云鹏点头说："书记说得对。那时候刚解放，工厂还是个烂摊子，破破烂烂的，一时到哪儿去找那么多的铝材？工厂发动工人动脑筋、想办法，我们试着用白铁皮代替铝材，还真管用。工厂提出了'一切为了前线'的口号，白天黑夜连轴转，那时候供电也不正常，夜里停电时就点着煤油灯、点着蜡烛干。我记得当时厂里很穷，发不出工资，只能给工人发点高粱米、玉米面，但工人毫无怨言。工厂按期交付 3000多套副油箱，救了前线的急。到了 1951 年 5 月，一共生产了近万套副油箱。"

罗阳感慨道:"用白铁皮加工副油箱,中国的航空工人创造了奇迹,这在世界航空史上也是绝无仅有的。"

厂办主任又带罗阳来到总装车间前,一旁的另一位老工人党维发说:"后来,前线的战事越来越紧,飞机修理的任务也越来越重。到了1951年大约是'五一'前后,我们向苏联租来的一辆'修理火车'开来了,火车就停在总装车间里面。苏联还随车来了一些技术人员。"

在苏联专家的指导下,第五工厂的技术人员和工人很快掌握了苏式飞机的修理和零备件制造技术,一共修理了38架飞机和105台发动机。到朝鲜战争结束时,我志愿军空军取得了击落敌机330架、击伤敌机95架的显赫战绩。

1951年4月26日,空军将工厂移交给了重工业部航空局。6月29日,在第五工厂的基础上,重工业部航空局国营112厂正式成立(沈飞公司前身),从此掀开了中国航空工业发展的新篇章。

那是激情燃烧的岁月,共和国航空工业的先驱者们,踏上了披荆斩棘的漫漫长途。

罗阳显然是为沈飞公司精彩的历史激动了……

在公司的展览馆内,罗阳在一幅照片前留住了步子,照片名为《金家全家福》,说明写着:"金连佐一家四代24人在沈飞公司工作,工龄累积长达600年。"

"咱们公司还有这样的家庭?"罗阳一边看着照片,一边自言自语赞道,又对身旁的厂办主任说:"我们去金家看看!"

这的确是个功绩显著的家庭,是个可以写进沈飞公司发展史的家庭。

金连佐是金家在沈飞工作的第一代,张学良修筑北陵机场那年,他就进厂了。日本人侵占沈阳后,这里先是成立"满洲航空株式会社",后又改成"满洲飞机制造株式会社"。当时厂里有1000多员工,百分之七十是日本人,他们掌控着飞机修理制造关键技术,对中国工人严格保密。中国工人只能干些杂活、粗活,而且还经常遭受日本人无缘无故的打骂与凌辱。金连佐和工友们不满日本人的统治，暗中以消极怠工和破坏工具进行反抗。

沈阳解放时，金连佐和大女儿成了厂里第一批600余人的创业者。

金连佐老人现在和三儿子金宝林住在一起。

罗阳来到金宝林家，他握着金连佐的手，亲切地说："老人家，我

罗阳慰问沈飞离退休老同志

看看您来了，您是咱们沈飞公司的老功臣啊！"

91岁高龄的金连佐佝偻着背，银须飘然，精神矍铄。他说："我在厂报上见过您，您是新来的罗书记。"

金宝林在一旁说："老父亲除了耳朵有些背，其他没什么大毛病。他还关心着厂里的事，每期厂报都要看。"

罗阳很认真地看着墙上挂着的老人各个时期获得的奖状。上世纪五六十年代，老人是厂里令人尊敬的八级钳工，车间里遇到什么难干的活，到了他手里都是迎刃而解。有一次，老人解决了歼6飞机机油泵漏油问题，厂里奖励了他一台当时很稀罕的"三五"牌座钟，还有《林海雪原》《敌后武工队》两本小说。最让老人自豪的是，他亲自参与了我国自己研制的第一架喷气式飞机歼5的装配工作，1956年试飞成功并成批投入生产，为国争了光，为工人阶级争了气。老人任劳任怨、兢兢业业，一直工作在生产第一线，直至1972年退休。

党委书记亲自上门看望，老人觉得很有面子，他兴奋地说："罗书记，1958年，我还见过毛主席呢！那是1958年的2月13日，那天飘着雪花，这个日子我一辈子都忘不了。当时的党委书记叫吕鸿安、厂长是

罗阳在生产车间

牛荫冠。毛主席那天穿一件银灰色大衣，走进总装车间，他看到黑板上写着'人人戴口罩，户户要通风'的标语，就问厂长是什么意思，厂长告诉他是为了预防感冒，他一听，笑了，说：'预防感冒，好啊！'他看了车间里举办的废品展览室，叮嘱厂长要设法提高产品质量。毛主席视察完了，经过车间通道时，摸了摸暖气片，问身旁的工人：'厂房冷不冷？'我们齐声回答：'毛主席，我们不冷！'毛主席高兴地笑了，还不住地朝工人挥手。"

金宝林告诉罗阳："我的大姐金秀菊在厂里工作了11年，1959年被组织选派到西安飞机制造厂支援'三线'建设。我们这一辈，基本上都是上世纪五六十年代进厂的。我们的子女一般是八九十年代进厂的。"

罗阳问："现在进来的，应该是第四代了吧？"

"对，是第四代重孙女，去年进公司的，现在总装厂当装配工。"

罗阳不由得十分感慨："金家不愧是沈飞公司的功臣之家，半个世纪以来，为了沈飞公司的建设、发展，金家人脚踏实地、竭智尽力，默默地做着奉献。可以这么说，从沈飞公司飞出的每一架战鹰都凝聚着金家人的汗水。也可以这么说，正是因为有了千万个像你们这样的好职工，才有了沈飞公司的今天。你们金家是沈飞公司的光荣，也是沈飞公司的骄傲！"

临别时，罗阳拉着金连佐老人的手，说："老人家，请保重身体，欢迎您方便的时候，再到厂里走走、看看啊，到时候，我陪同您老参观！"

老人连声说："好啊！好啊！"

出了金家门，罗阳又提出到几户困难职工家看看。

工会主席带罗阳走进职工生活区一间低矮破旧的小平房，罗阳扫了一眼空空荡荡的屋子，发现除了一张床、一张桌子、一只柜子和一只煤炉子外，再也找不到任何一件像样的家什。

这是公司表面处理厂职工刘兴延的家，刘兴延当时35岁，因患精神分裂症，长期无法工作，妻子康桂茹是个农村妇女，还有个先天性智障的儿子。

刘兴延毫无表情地坐在床上，罗阳问康桂茹："刘师傅病了几年了？"

"头尾七年了。"

罗阳又问："家里现在靠什么过日子？"

康桂茹苦着脸，说："孩子他爹有点劳保工资，工会过年过节还给点困难救助金。"

"看病呢？"

"有些药可以报销，有些药不能报销，不能报销的药就不吃。"

"儿子怎么不去上学？"

"他连一数到十都数不全，哪上得了学？"

罗阳将孩子拉到了自己的身旁，自言自语道："孩子不上学，以后咋办呢？"

罗阳的眉心蹙在了一起，他对康桂茹和蔼地说："刘师傅和孩子都有病，大伙儿都很同情。你们家的困难，我也看到了。你们一定要挺住，要相信党和政府是不会不管你们的，公司也是不会不管你们的，我们一定会帮助你们家克服困难……"

老实的康桂茹只会一个劲儿地点头，说："感谢公司，感谢领导！"

从刘兴延家出来，罗阳的心情显得格外沉重，他对工会主席说："我没有想到沈飞公司还有这么困难的职工家庭，太让人揪心了，我们一定要想办法解决他们具体困难。我的意见是不是可以这样，先帮他妻子找份临时工做，像保洁员什么的，让她有个相对稳定的工作，这样每月也就有份固定的收入。还要作为特殊情况，解决他的看病问题、吃药问题。"片刻，罗阳又交代说："你们工会从今以后把这个家庭，作为我的重点帮扶对象。你们再仔细摸摸底，看还有多少特困户。我们是国有大企业，我们要关心每个职工的疾苦，不能让任何一个职工受冻挨饿！"

罗阳看望完刘兴延一星期后，康桂茹便到表面处理厂做保洁员，每月有近千元的收入。刘兴延的医药费也得到落实。每年春节，罗阳都要亲自上门慰问，除了送米、面、油外，还要送上千余元的慰问金。有一年上门，罗阳看见康桂茹和儿子穿得很单薄，马上掏钱买了两件新棉衣送给他们母子。10年后,刘兴延的儿子长到20岁,罗阳又协调他进了公司的厂容绿化队,当了一名清扫工,解决了这个家庭的后顾之忧。罗阳不是说说而已,他没有食言,他帮了这个家庭整整10年。

10年过去了,康桂茹一家人还记着罗阳那和蔼而又慈祥的双眼,像一缕阳光,照射在他们的心底,温暖了整整10年……

沈飞公司,这个16000人的国有大企业,像一只正在长空翱翔的巨鹏。

改革、重组、分流……使得这只巨鹏的翅膀变得格外的沉重。

那天中午,罗阳刚进办公室,秘书急冲冲跑来告诉他:"书记,不好了,技工学校的学生要跳楼了!"

罗阳一震,"你说什么?"

秘书报告说:"刚接到技工学校的校长打来的电话,说那边有学生跑到楼顶上要跳楼……"

罗阳两道眉毛竖立了起来,"通知有关部门负责人,立即赶到技工学校。"

罗阳一行快速赶到技工学校,只见教学楼前围着许多人,人们抬头望着楼顶,有人大声喊道:"孩子——不能跳,千万不能跳——"

急得满头大汗的校长一见罗阳,像见了救星似的,说了事情的原委。技工学校的学生过去都是包分配的,毕业后直接分进公司当工人,但从当年开始,改变了分配政策,变为择优选用,70个学生只能有一半进厂,其余的学生要到社会上去自谋职业。学校做了许多工作,部分学生和家长思想就是不通,已经折腾了好几天了,没想到刚才几位学生爬到楼顶上,扬言"不包分配,就跳楼"……

罗阳对校长说:"现在首要的问题是保证楼顶那几位学生的安全,你马上找人爬上楼顶,稳定住那几位学生的情绪,就说公司的罗阳书记来了,是来帮助他们解决问题的,让他们马上下来,我要见他们。然后,你再通知楼下的家长,让他们派出代表,我要听取他们的意见。"

罗阳刚进学校会议室,闻讯的学生和家长代表便赶来了。

他们一见罗阳，情绪激愤，可着嗓门责问：

"罗书记，凭什么过去都是包分配，今年不包分配？"

"我们都是沈飞公司子弟，为什么将我们抛弃？"

"我们没有功劳，也有苦劳！"

"谁留，谁不留，肯定有猫腻！"

"罗书记，我们要是你的孩子，你管不管？"

…………

罗阳一直面带微笑，认真地听着。

等大家说得差不多了，罗阳才开了口："师傅们，同学们，大伙儿别着急，先喝点水，这不，我就是专门来解决你们的问题的。"

一听说书记是专门解决这个问题的，大家原来激愤的情绪变得平和些了。

罗阳问一位姓高的师傅："高师傅，你是哪年进厂的？"

"1980年。"

罗阳说："哦，有20多年工龄了，还记得当年厂子的情况吧？"

高师傅说："你不提当年还好，一提当年我就气不打一处来。我刚进厂头些年，特别倒霉，企业特别不景气，说是飞机厂，一年造不了几架飞机，为了解决职工的吃饭问题，不得不跑民品，我记得当时生产过'松陵牌'洗衣机、缝纫机上的码边器……"

一旁有人插话："还有蒸馒头的铝制笼屉、饭盒……"

高师傅说："一直到这几年，公司才慢慢走上正轨。"

罗阳接过了话头，"是啊，我们军工企业的发展，是要以国家发展、国防发展作为靠山的。我1982年刚到601所，情况跟这儿也差不多，当时的工资连吃饭都成问题，好多人坚守不住都跑了。沈飞公司这几年同自己比，发展的步伐不小，但同兄弟企业比，我们的差距也不小。沈飞公司现在正处于一个变革时期，这也就牵涉到技工学校这次毕业生的分配问题。你们都是沈飞公司子弟，你们的父辈为沈飞公司的发展都做出了贡献。大家都听说过'金家人'的故事吧，金家四代20多人在沈

2008年7月15日，C系列项目签字仪式

飞公司工作，上个星期我专门去看望了金连佐老人家，他是我们沈飞公司的老功臣啊！'金家人'的确是把公司当作他们自己的家。"

这时，有人插话说："书记，我们也想以公司为家，可公司不要我们啊。"

罗阳和蔼地问："此话怎么说？"

"我们的子女从技工学校毕业了，我们想送他们进公司，让他们也为公司出力，可公司以不包分配为理由，拒绝了，把他们扔给社会了。"

"不能说是拒绝了，更不能说把他们扔给社会了。"罗阳笑着说，"我给大家说说情况吧，公司现有16000多名在职职工，还有一万余名退休老职工，企业负担极其沉重，甚至连发工资都有些困难。眼前的公司，就像是一辆战车，我们是把自己都捆绑在这辆战车上，再带上坛坛罐罐，把它拖累、拖垮，还是让它轻装上阵？再不进行改革，再不进行重组，企业真要被拖垮了。但要改革、要重组，势必牵涉到一些职工的切身利益，有的要下岗，有的要转岗，有的要待岗，有的要内退。今年技校不包分配，也是同企业的现实情况有关，我希望各位家长能够体谅企业目前的困难，咱们齐心协力，共渡难关。"

一位家长说:"我们的孩子怎么这么倒霉,原来都是包分配的,到了他们这一届,怎么说不要就不要了?"

罗阳推心置腹地说:"我也有孩子,我也是当父亲的,现在的父母谁不关心自己的孩子上学和就业问题?谁不想为自己的孩子找到一份好工作?不过,我也建议家长们把眼界放得更宽一些,更远一些,不要光盯住一个沈飞公司,要鼓励自己的孩子勇敢地去社会这个广阔的天地闯荡、去参与竞争!至于这次35个毕业生的选拔,我们将真正做到公开、公正、公平。"

有位师傅问:"要是有人开后门怎么办?"

罗阳说:"这点我想是不会的。"

"罗书记,你说不会不算数,现在社会风气就是这样。"

罗阳站了起来,严肃地表态说:"欢迎大家监督,如果有开后门现象,你们可以打我办公室的电话,也可以直接找我反映,我们将发现一个,查处一个。"

罗阳又问:"大家还有什么意见?"

"没了,我们听书记的。"

面对这些通情达理的职工,罗阳动情地说:"感谢大家对沈飞公司的理解,也感谢大家对我本人的信任。我到沈飞公司的时间不长,但我已经感觉到沈飞公司有一支非常优秀的工人阶级队伍,眼前,我们的首要任务是把改革创新的工作做好,让企业获得健康快速的发展。我还想告诉大家,这次有35个同学暂时进不了公司,等过几年,公司发展了,需要更多的员工时,我们还欢迎大家回来嘛,那时候,你们还可以将在社会上学到的本事带回来,为沈飞公司建设服务!"

大家报以热烈的掌声。

在这样的掌声中,罗阳获得了信心和力量。

同时,作为党委书记的他也感到莫大的压力和责任……

第七章

一切为了航母

航母，一个绵延了近百年的中国梦。

中华民族对于航母的期盼实在是太久太久。

仁人志士，每个人心中都有自己的一个航母梦。

陈绍宽，一代海军宿将，在中国近代海军史上，最早欲圆中国航母梦的代表人物。1928年，陈绍宽出任国民政府海军署署长，壮怀激烈，意气风发，甫一上任，他便向国民政府递交了一份两年建造一艘航空母舰、四艘驱逐舰、三艘巡洋舰、两艘潜艇计划的报告。陈绍宽要用他的航母舰队复兴中国久已失去的海权与主权。然而，在一个月后国民政府召开的全国编遣会议上，陈绍宽的航母建造案遭无情否决。陈绍宽执掌海军帅印17年，他整整呼喊了17年。其间，连造加买，舰艇总数仅45艘，总吨位不足3万吨，实力甚至不及清末海军。抗战胜利后，蒋介石挑起内战，陈绍宽的航母舰队梦彻底破灭。

刘华清被称为20世纪60年代以后中国航母梦的标志性人物。

1982年，由邓小平亲自点将，刘华清出任海军司令。其实，早在7年前，时任海军副参谋长的刘华清，在那篇《关于海军装备问题的汇报》的万言书中，便向时任中央军委副主席的邓小平大胆建言："尽早着手研制航空母舰！"

毛主席与党中央已决心加快海军的建设速度，这很振奋人心，若计划实现，海军就比较强大了。但建设强大的海军其重点决不能放在小艇上，将它搞得再多，敌人也不怕，必须解决关键性的作战舰艇。国家10年投入大量经费、贵重稀有材料和各种物资，这些钱一定要用在刀刃上，次要的和易造的小艇可以缓办或不办。要抓紧时间，在前7年左右将航母首舰试出来，10年末开始形成战斗力。如果这个10年，特别是"五五"如不上马，那就是要在20年之后我国才有航空母舰。因为它的研制周期起码要7年左右的时间，而且我们又是从头做起，时间会长些。我们一定要建设既有数量又有高质量的强大海军。

1983年5月，海军装备论证研究中心成立伊始，刘华清下令将航空母舰作为重要研究论证课题；

1984年1月，在海军召开的第一届装备技术工作会议上，刘华清公开提出了研究建造航空母舰的问题；

1986年12月，在海军第六次党代表大会上，刘华清明确提出："组织论证航空母舰的发展可行性。"

随后，刘华清先后担任中央军委副秘书长和副主席，从1987年到1992年的5年间，刘华清主管全军现代化装备建设，他对航母的关注有增无减。他曾经向跟随自己多年的老部下敞开心扉，抒发自己的"航母情结"：

　　1982年我当海军司令时想搞航母，国力不行，只能等。1984、1985年，邓主席指出，要认真研究海峡问题。海军说，有3艘航母可以省很多飞机。一艘航母相当于300架飞机，代替3个航空师，岸基飞机掩护航母，航母掩护潜艇，非要这个东西不可。现在，又有一个南沙问题。去年3月，应国际组织要求，我们在南沙建一个海洋观测站，越南挑衅，南海舰队两天就过去了，但空军不行。所以，航母要不要，希望你们进一步论证。今年继续论证，明年拿出来，"八五"上预研，可考虑这个方案。至于"九五"能否上型号，很难说。如果问我航母和核潜艇以后如何排队，我说海军缺少的航母应安排在先。

罗阳呢？

罗阳有什么样的航母梦？

1999年，罗阳随中国航空代表团出访美国。在圣迭戈海军城，他们登上了美国海军的"小鹰"号航母参观。每到"公众日"，美国海军的舰艇便会对游客开放，对于本国国民，以增强他们的自豪感和爱国情结；对于外国公民，则是在宣扬美国军事的强大。

"小鹰"号傲然矗立，它是世界上正在服役的最大、最先进的常规动力航空母舰，满载排水量8.12万吨，最大航速32节，飞行甲板有3个足球场大。

1915年，随着英国皇家海军两艘飞行母舰——"坎帕尼亚"号和"柏伽索斯"号建成服役，宣告"航母为王"海战新时代的来临。

第二次世界大战、特别是太平洋战争的爆发，为航空母舰提供了绝佳的表演舞台。从日本偷袭珍珠港，到决战中途岛和瓜达卡纳尔岛；从马里亚纳、莱特湾和珊瑚海大海战，到硫磺岛和冲绳登陆战，在人类的战争史上写下了"航母制胜"的辉煌战绩。

正是借助航空母舰飞行甲板，美国取代英国登上了世界霸主的宝座。直至进入21世纪，还难有任何武器系统能够撼动它的舰机结合、攻守兼备、机动灵活、坚固难损和高科技密集的多球形攻防体系。

作为一名航空专家，罗阳的目光落在了非参观区内的那一架架排列整齐的舰载机上，在阳光的照射下，银灰色的F18舰载机，发出一种瓦蓝色的光，一种特别刺眼的光。

罗阳的嘴角抿得紧紧的，心头不由得变得有些沉重起来……

1912年5月2日，英国飞行员查尔斯·萨姆森第一个从航行中的战舰上起飞，翻开了舰载机作为一种新型武器的历史篇章。二战中，舰载机被参战国广泛应用，特别是在太平洋战场上起到决定性的作用。日军偷袭珍珠港，成为经典战例。

1991年的海湾战争和2003年的伊拉克战争，美国尽管在中东没有足够的陆上机场，却凭借强大的舰载机群，依然取得战争的胜利。

据估算，全世界所有航母上舰载机数量在1250架左右，其中美国超过1000架，俄罗斯、英国和法国排列其后。

而中国呢？

差距实在是太大了，我们的航母和舰载机连"零"都还没有突破！

罗阳原本想以"小鹰"号为背景拍张照片作为纪念的，但倏忽间他又打消了这个念头。此时，一个硕大的问号萦绕在罗阳的脑际：何时航空人能为我国自己的航母制造舰载机？

美国一行，罗阳更强烈地感受到最尖端的核心技术靠买是买不来的，国防现代化靠等也是等不到的！

其实，这也是三代航空人在半个多世纪的潜心求索中共同的切身感受！

117

随着航母的立项，舰载机的研制也进入倒计时。

200×年×月，航母舰载机（歼15）立项。沈阳飞机设计研究所孙聪被任命为歼15总设计师。

不久，罗阳接替李方勇，由沈飞公司党委书记，改任沈飞公司董事长、总经理，并兼任歼15飞机沈飞研制现场总指挥。

中国的第一架舰载机即将横空出世！

舰载机主要是指航空母舰上的舰载战斗机，顾名思义是以航空母舰为基础的军用飞机。舰载机的主要任务是配合舰队完成海上作战任务，夺取海上和沿海地区的制空权。对海上舰船和沿海地区陆上目标实施攻击，完成海上和沿岸的战斗任务。舰载机和航空母舰组成的武器系统是现代海军最强大的武器系统，是海军作战的核心力量。

由于舰载机以航空母舰为使用基地，主要是在海上作战，这就使其与一般战斗机有所不同，舰载机有其许多技术特点，在外形上尽量采取提高升力设计以降低舰上起飞和降落速度的要求；机翼需要折叠以减少舰上停放空间。由于舰载机要在航母上长期停放和在海上长时间地航行，并要求在舰上快速起飞和拦阻着舰，这就要求舰载机和陆机的结构有很大的变化，舰载机要有很好的加速性、可靠性和防腐性，对于系统和机载设备都有特殊要求，特别强调防盐雾、防潮湿和防霉菌的"三防"能力。

孙聪说过："套用'不是所有的牛奶都叫特仑苏'的广告词，我们也可以说'不是所有的战斗机都叫舰载机'。舰载机与陆基飞机看起来大同小异，但航母甲板长度只有陆基机场跑道的十分之一，它的起降区域、起降方式、作战作用、舰面保障，以及严酷的舰面电磁环境和海上环境等，都是陆基飞机所没有的。因此，舰载机与普通陆基飞机并不是'堂兄弟'或者'表兄弟'的关系，两者之间存在许多本质的差异。"

国外的经验证实，二代陆基飞机改舰载机基本都是失败的，三代机以后改舰载机的，其改进工作几乎也是全新的型号设计，只有个别的系统或布局上有一些成熟的技术可供借鉴。这便意味着，舰载机在设计理念，在低速飞行特性、气动力特性、高冲击载荷特性以及拦阻系统、起落架系统、机翼折叠系统等方面，都要根据符合"舰载适配性"等原则，进行全新的设计。

设计是如此，制造也同样如此。

歼15对制造工艺提出了前所未有的挑战。单单是舰载机独有的拦阻钩就要解决材料、焊接、热处理等多个难题。相对于折叠机翼、导管以及起落架系统，拦阻钩还算是简单的。

没有经验，也没有现成的关键技术可以借鉴。

这是一场硬仗，一场史无前例的攻坚仗！

那天，快下班时，罗阳拨通了孙聪的电话。

"我想见见你。"

"哦？"孙聪反问，"用什么方式？"

罗阳说："我们之间还讲什么方式吗？来我办公室坐坐吧！"

"你办公室有什么可坐的？"孙聪说，"这样吧，半个小时以后，我去接你。"

罗阳还想问去哪儿，孙聪把电话挂断了。

半个小时后，孙聪准时到达沈飞，风风火火把罗阳拉上了车。

罗阳有些不解，"你要把我拉哪儿去？"

孙聪卖起了关子，"到了你自然就知道了。"

小车在一家饭店前停住，孙聪带罗阳进了一个小包间。

罗阳有些诧异，"你想干什么？"

"吃饭啊！"

"你摆的什么鸿门宴？"

孙聪从包里掏出一瓶茅台酒，笑着说："这瓶茅台我存了10年了，一直没舍得喝，今晚该是它完成历史使命的时候了，我们两人就算是喝'出征酒'吧。"

罗阳顷刻间也来了情绪，"还是你想得周到啊，是得喝'出征酒'了！"

孙聪倒上了酒，说："这样吧，我先敬。"

罗阳说："还是我先敬吧，我们的总师同志！"

"不，不，我先敬三杯！"

"为什么要三杯？有什么讲头？"罗阳问。

孙聪端起酒杯说："这第一杯酒感谢你多年来对我的帮助、关照！"

罗阳笑了，"还从来没有见你这么客气过啊。干！"

孙聪又端起了第二杯酒，说："第二杯酒嘛，祝贺你由书记转任公司董事长、总经理！"

罗阳摆了摆手，"哎呀，这有什么好祝贺的，责任更重了，活更累了，操心更多了，咱天生是干活的命啊！"

见孙聪又端起酒杯，罗阳说："该我敬了吧。"

"不，不，"孙聪说，"我三杯还没敬完呢。这第三杯应该是祝我们俩，不，应该是祝歼15的总师和研制现场总指挥合作成功！"

"这杯酒应该喝！"罗阳一口把酒喝了，"孙聪，你是总师，以后你说装啥咱就装啥，你说怎么干咱们就怎么干。"

"有你这句话，我心里的底气就足了。"

喝完三杯酒，罗阳倒上了酒，说："是不是让我也敬两杯？"

孙聪一摆手，说："算了，算了，我已经客套完了，你就不用再客套了，一块儿喝吧。"

要说酒量，孙聪与罗阳其实差不了多少，两人白酒基本都是半斤量，但孙聪敢发挥，激情上来，七八两也敢冲；罗阳却偏于保守，半斤量，往往喝个二三两便打住了。

罗阳与孙聪对饮了一杯后，说："我们实在是太幸运了，赶上了一个好时机，国家和军队把这么重的担子，压到了我们这代人的肩上。我是既兴奋，又觉得责任重如天，有一种如履薄冰、如临深渊之感。"

孙聪接过话头说："是啊，干航空上型号，天时、地利、人和，缺了哪项都不行。前些日子，集团号召向中国航空发动机之父吴大观学习，由于种种原因，吴大观领导研究的所有发动机在当时都没有实现定型装备部队，最终下马。其中具有里程碑意义的涡扇6发动机，生逢10年'文革'动乱，历经4次上马，3次下马，5次转移研制地址，最终因周期过长，错过了装备部队的最佳时期。为了祖国的航空工业,他一辈子都在披荆斩棘、点火拓荒。现在我们是天时、地利、人和都齐了。真的是特别得感谢我们的前辈们,半个多世纪来,他们兢兢业业,挫折过,失败过,但却一直坚持了下来。所以说,今天,我们是站在前辈的肩膀上,去攀登高峰的。"

"上个星期,我去北京集团开会,遇到了顾诵芬院士。"罗阳说,"会议中间休息时,顾老把我拉到一旁,专门问到了歼15的情况。顾老关切地说:'罗阳啊,如果说航空事业是接力跑的话,那么,现在这一棒交到了你们手中,你们是代表50万航空人在跑这一棒的,全国人民的目光都在注视着你们,你们要加油啊……'老前辈是在为我们鼓劲、加油啊!能不能把国防最需要、最重要的装备交付部队,形成战斗力,现在是考验我们的时候了。"

孙聪若有所思,"现在我国的第一艘航母正在大连造船厂紧锣密鼓地打造之中,外电预测,即便是中国的第一艘航母下水了,但与之配套的舰载机仍然还是个未知数。人家是在看我们笑话呢,不蒸馒头争口气,我们一定要按时间节点拿下舰载机!"

一股热流在心头涌动,罗阳将酒瓶里的酒统统倒进两只杯里,他给孙聪递过一只,自己端起了另一只,站了起来,有些慷慨激昂地说:"人生难得几回搏,为了歼15,这回我们好好地搏它一搏!来,干!"

孙聪也站了起来，一碰杯，两人将酒一饮而尽……

迎着激风长浪，罗阳率领他的舰队出征了，这是一支有着16000名水兵的舰队！不，这是一支有着几十万名水兵的舰队！

生产一架飞机是一个庞大的系统工程。从试制、生产、调试到试飞，每一个环节都紧紧相扣。一架飞机几万个零部件，哪怕是一颗小铆钉出问题，都可能酿成重大事故。沈飞公司是主机厂，作为总经理的罗阳，要管理好每一个环节，要盯住每一个细节。

罗阳又是歼15的研制现场总指挥，他要协调设计和生产部门、军方和生产单位的关系，同时还要协调好200多家协作单位的关系。

2008年7月8日，罗阳签署了《关于确保完成歼15飞机研制任务令》，这是沈飞公司历史上第一个总经理令。《任务令》上赫然写着："公司强令要求，各个责任单位和责任人要以完成政治任务的高度，认识任务目标和节点，按照已经制定的项目赶工计划不折不扣地执行。"任务重、难度大、时间紧，从一开始便充满了破釜沉舟的气概和"不成功，便成仁"的豪迈。

性格平和的罗阳，此刻变得严厉了，严厉得令人生畏、让人肃然起敬。

舰载机项目有三大特点，一是新，采用了大量的新技术、新材料、新工艺；二是难，由于许多工艺和材料过去从未接触过，生产难度大；三是急，绝大部分制造任务要在一年多时间内完成，而以往的型号研制生产周期往往需要三至四年。

科学管理，勇于创新。为了提高效率和速度，沈阳厂所最早提出了"面向制造的设计"和"面向设计的制造"的新理念。歼15在设计阶段，沈飞公司派出100多人到沈阳飞机设计研究所，提前介入设计；而在制造开始后，研究所又派出100多人的"跟产队"进入沈飞公司，将设计延伸到制造，形成厂和所、设计和制造的一体化态势，各方配合流畅，保证了技术快速突破、项目快速进展。

说起罗阳对这个项目的贡献，沈阳飞机设计研究所总设计师王永庆赞不绝口："罗阳他本身就是从设计员开始做起的，他做过科研，又做过基层和中层管理，搞过党建和企业文化建设，几方面他都有很深的研究。在研制歼15时，我们将设计、技术、工人三方的精兵强将集中在一起，建立了新的组织模式'快速试制中心'，探索出新的管理模式并行工程，带来了新的研制流程——50多份顶层文件定义流程，大量使用了新的研制手段：三维发图、数字量传递、数控加工等，大大缩短了研制周期，加快了新机型生产进度。"

王永庆说："过去，制造单位和设计单位是一对矛盾体。设计师都喜欢立足技术最前沿，而在工艺水平相对落后的我国航空制造界，设计意图很难完全工程化实现。罗阳总是给上游最大的创新空间，我们在一起讨论设计方案时，他很少要求降低制造难度，反而总是鼓励我们大胆设计、大胆创新，他再组织工艺人员去攻关。"

王永庆用了一个形象的比喻，罗阳让飞机制造从原来的"大针脚缝棉袄"，变成了现在的"苏州刺绣"。

一个难关连着一个难关；

拼干劲、拼智慧、拼毅力！

航母舰载机机翼不仅要求能够折叠，而且燃油、液压、操控各个系统还要能够通过折叠部分，无论机翼怎么折叠，这些系统都要能够正常工作。内部结构特别复杂，技术难度非常大。罗阳亲自点将，组建了折叠翼研制攻关团队。

我专门找到了冶金处的倪工程师，请他给我介绍当时的攻关情况。

我问他："这折叠机翼加工起来的确很难吗？"

倪工程师说："难，很难！歼15折叠机翼，采用的是新结构、新材料，拿到设计图纸时，大伙儿都有些蒙了，以前我们根本没接触过这种工艺。头个活儿几个关键的零部件，几乎都报废了。"

那些日子，大伙都吃住在厂里，日夜攻关。有一天，几位技术员一筹莫展，正在发愁时，罗阳来了。他问倪工程师情况怎么样，倪工程师苦着脸，叹了口气。罗阳一见急了，说："我要批评你啦，遇到点困难怎么就唉声叹气？外国人又没有比我们多个脑袋，他们能干成的事情，我们中国人同样能干成！我们没有任何选择，必须想办法把不可能变为可能！"

罗阳招呼大家坐在他的身旁，说："来来来，我们看看问题到底出在什么地方。"他一张张翻阅图纸，同大家一起分析造成失败的原因在哪里，要大家去抓主要矛盾。

倪工程师告诉我："那些日子，罗总老是到现场来，他的手里总是拿着两个本子，一个是所有攻坚项目进度表，另外一个是密密麻麻的计算数据和他对技术难题的解决思路。他对大家说：'你们还得要进一步打开视野，将目光瞄准世界最前沿的地方，尽可能地采取最新的工艺。'比如焊接，原先我们采用的方法已经很先进，但就是满足不了设计要求。罗阳建议采用当今最新的技术，经过试验，果然满足了工艺要求。"

折叠翼的研制方案改了一遍又一遍，零部件做了一套又一套，一次次地从头做起，拔掉一颗颗技术"钉子"。中国人终于为自己的舰载机插上了收放自如的灵活翅膀。

歼15的另一个关键部件是阻拦钩（亦称尾钩）。舰载机在航母降落时，靠阻拦钩钩住飞行甲板上的阻拦索，舰载机才能瞬间减速。阻拦钩由钩杆和钩梁两部分组成，全部是新材料、新工艺，工艺要求极高。罗阳在生产动员会上说过，"阻拦钩的生产周期，决定了我们能干多少架飞机"。

阻拦钩的焊接任务交到了沈飞金属结构厂的高级电焊工汪强的手上，汪强在一线摸爬滚打了13年，从歼8开始，歼击机的主要机型都干过。他30岁出头，正是焊工的最好年龄，既有实践经验，又有体力。

罗阳对阻拦钩的加工高度重视，专门成立了攻关小组，总冶金师、工艺研究所所长都参加了，一共有十五六人，为汪强出谋划策。

歼15的阻拦钩的钩杆，用的材料是过去从没用过的高强度钛合金，工艺要求高，长度工差不许超过×毫米。刚开始用试验件练，为了保证最小变形量，他们选择对称焊，费了一个月，好不容易焊好了第一根钩杆，可一经热处理，不但变形了，还发现钩杆内部出现裂纹。连续几个月不间断研制，就是达不到设计要求，真让阻拦钩给"阻拦"住了。

有天夜里，又是刮风又是下雪，罗阳不知什么时候悄悄来到车间，他见大家还在挑灯夜战，非常感动，鼓励说："大家不要着急，不就是个钩子吗，它拦不住咱们！咱们再跳起脚来够一够，很快就会够着了。"

罗阳关切地问汪强："怎么样，小伙子？灰心啦？"

汪强放下焊枪，说："罗总，再硬的骨头我们也要把它'啃'下来！"

罗阳说："有这么多人给你出谋划策呢，我相信你一定能攻克难关。"

罗阳和大家一起把可能影响产品达到设计要求的所有因素一项项列了出来，又一个个去找原因，精度、尺寸、配合关系，不放过任何一个细节。大家见时间很晚了，劝罗阳早点回去休息，罗阳一再叮嘱大家要科学安排时间，注意劳逸结合。

摸索、探讨、实践、失败；

再摸索、再探讨、再实践……

汪强至今仍记忆犹新，"我们整整摸索、探讨了小半年，顺时针焊，逆时针焊，后来相比较还是××焊的效果好。而且，通过不断的摸索，我们找到了×型这个最佳的焊接坡口。那些日子，我焊枪不离手，几小时几小时连续不断地焊，调整适合自己的各种参数，琢磨怎样控制好焊接节奏。攻关小组也一直陪着我。焊接一号机阻拦钩，头尾我们用了将近××天，到后来几架，××天就解决问题了"。

冲破千千万万个难关和险隘，在罗阳的领导下，这几年沈飞公司已经逐渐拥有一整套国际先进水平的飞机装配、整机试验、飞行试验的技术、设备和制造生产线，特别是在钛合金机械加工和大型复杂结构件的数控加工等技术，已经跨入世界一流行列。

思想有多远，企业才能走多远。罗阳主政伊始，就以现代企业家的深谋远见，建设性地提出了"十个统筹"的发展思路：统筹兼顾军机与民机协调发展，以军机为公司立业之本，以民机为主业发展之翼；统筹兼顾生产与科研任务，在高度关注生产任务的同时，对科研任务也给予充分重视；统筹兼顾航空与非航产业发展，强调航空产业作为公司主业，必须做强做大，非航产业也要积极促进发展；统筹兼顾自身能力建设与社会资源利用，注重由粗放型增长方式向集约型增长方式转变；统筹兼顾基础管理与管理创新，在引入新的管理理念、工具、方法的同时，不断强化基础管理，夯实管理创新基础；统筹兼顾技术创新能力提高与技术创新体系建设，把技术创新作为企业持续发展的生命线和提升竞争力的关键要素；统筹兼顾体制变革与机制创新，促进企业持续发展；统筹兼顾内部人才培养与外部人才利用，站在战略高度处理好内部人才培养与外部人才利用的关系；统筹兼顾企业发展与员工根本利益的关系，把企业与员工和谐共赢作为企业发展的根本；统筹兼顾内部与外部关系，在关注企业内部发展的同时，也要关注外部形势变化。

罗阳潜心研究国有大企业特征，探索思想经营企业模式，在深研集团公司思想与战略的基础上，创造性地提出了"恪尽职守，不负重托"的责任理念、"严慎细实，真抓实干"的工作作风和"严慎细实，一丝不苟"的岗位履职要求，并在企业经营中大力实施管理"四化"（即管理严格化、精细化、规范化、标准化）。他全面推行精益六西格玛、综合平衡计分卡、EVA等现代管理工具，使新的管理思想深入人心，实现管理创新的升华；积极主张信息技术的开发和应用，在航空产品的关键环节上均采用了数字化技术，实现了数字化制造技术与西方先进国家的接轨。

罗阳陪同林左鸣（右一）深入生产第一线

我们国家航空工业搞战斗机型号，一直遵循一条经验，即建立两个系统：总设计师系统和行政总指挥系统。总设计师系统负责技术的设计，行政总指挥系统负责制造工艺保障和行政支援的调配，为了完成好任务，这两个系统必须高度统一、紧密合作。如今，孙聪与罗阳，一个是总设计师，一个是研制现场总指挥，两位少帅带领着两个团队，为了共同的目标歼15，去打一场将会写入中国航空史的攻坚战！

孙聪与罗阳同岁。孙聪的父母是原东北黎明厂（中航工业沈阳黎明航空发动机公司前身）医院医生，从小在军工企业浸润长大的他，听惯了飞机发动机轰鸣声的他，高中毕业时，第一个志愿便填了北京航天航空大学。

孙聪晚罗阳一年进的沈阳601所，他先被分配到火控室，后来又调到总体室。

1988年8月，国防科工委几位专家联名上书，提出航母和舰载机发展可行性研究的建议。刘华清迅速作出批示，要求总参、国防科工委和海军协同研究解决。在这个背景下，601所开始了舰载机技术的预研。

当年所里负责这个课题的是副总师李天。李天认为：中国作为一个海洋大国，为了保卫辽阔的海疆，迟早是要建造航空母舰的，因此，舰载机特种技术的研究，必须要走在航母预研的前面。

没有现成的资料可供参考，一切都得从"零"开始。有个小组为了应付年终检查，临时抱佛脚，东拼西凑，弄了篇没什么科研价值的报告上报。李天一看，非常生气，劈头盖脸给批了一通："你们这是糊弄谁呀？这明明是在糊弄我们自己！知道所里在经费如此困难的情况下为什么还拨款让我们搞舰载机预研吗？我们这是为了祖国、为了民族在做这项工作的。"

经过10年的艰苦努力，课题组完成了3项舰载机特种技术的预研工作，并被航空工业部和国防科工委授予科技进步三等奖。这3项课题是：用于薄翼机的单轴机翼折叠机构；用于软厚机翼的一轴一铰的机翼折叠机构；用于舰载机甲板高机动性的前轮转弯机构。他们同时还开展了舰载机高升力布局和增升装置研究、起飞着舰动力学研究、机/舰适配性研究等。初步掌握了设计舰载机的特殊技术,更重要的是培养了一批年轻的技术带头人。

孙聪便是其中的一位。

在601所这个"航空英才的摇篮"里,孙聪的聪明才智一步步得到了发挥施展:1993年,总师办主任工程师;1995年,总体室主任;1997年,所副总师;1999年,副所长兼总师;2002年,所长兼总师;2003年,歼××系列总师;2006年,歼15总师。

今年的早春,我一直沉浸在"罗阳情结"之中,连春天那轻盈的脚步声都没有听见,不知道什么时候,鸟巢和水立方旁的迎春花已经露出了鹅黄色的笑脸。

我是在北京北四环鸟巢旁的一个茶室里采访孙聪的。那天因为走错了路,作为军人的我还迟到了半小时。

或许是因为去年歼15在辽宁舰的起降飞行中,表现得实在太精彩、太令人震撼,因此,我对歼15的总设计师充满着一种神秘感和钦佩感。不过一见面,却是不显山不露水,敦敦实实的个头,国字脸,一双眼睛不大不小。但一开口,马上让你感到他的率直、睿智和激情。

我开着玩笑说:"歼15的总设计师,在我的想象中一定像孙悟空一样,能呼风唤雨,腾云驾雾,一个筋斗翻出十万八千里。"

孙聪笑了,"有那么神吗?如果真有孙悟空的本领,我一定拔根毫毛,用嘴一吹,说声'变',立刻变出100架、1000架歼15,那该多好,省得我们几代航空人苦苦拼搏。我还觉得你们作家特别厉害呢,生活中平平淡淡的事情,到了作家手里却能够妙笔生花。"

我说:"人说隔行如隔山,这次来写罗阳,才发现过去对航空工业了解得太少了。我国的航天工业这几年发展很快,宣传也多,每次神舟飞船上天都会直播,老百姓了解的要多多了。"

孙聪说:"航空与航天有共同之处,又有不同之处。航空工业的保密性更强,我们干这个行业的,都习惯了,只做不说,耐得住寂寞。这里面牵涉到国家安全问题，就像当年搞'两弹一星'，许多科学家大半辈子隐姓埋名，远离社会和公众，默默无闻。你想要图名图利，在我们这个行业肯定待不住。"

尽管是个沉重的话题，但采访还是不得不从罗阳的离去说起。

"罗阳小我4个月，平时我却把他当大哥看待，他比我成熟，也经常关照我。我们当年的'七匹狼'好几个后来都调离了沈阳，但每年春节我们7个家庭必聚一次，喝顿痛快酒，这种感情别人是体会不到的。

"那天从辽宁舰上下来，大家各忙各的事。听说罗阳被送到医院了，一开始我还没当回事，以为是过度疲劳，累着了，没觉得有多么严重。后来我给谢根华书记打电话，想问问情况，可没打通，心里开始有点毛，又打了一遍还是没打通。过会儿，谢书记的电话回过来，说情况有些悬，我一听急忙就往医院赶。我到的时候，已经抢救了一个多小时了，院长把整个抢救过程描述了一遍。林（左鸣）总请求继续抢救，医生解释说，罗阳是主动脉血栓，它一血栓四周分支全部死掉，造成大面积坏死。我们恨的是，他前一天晚上是不是难受？难受为什么不说，不去找医生？可以想象得到，罗阳下舰的时候，他的心脏已经百分之八九十坏死了，即便是在那种状态下，他还坚持跟人家握手，他总是那样尊重别人，不过想想，这要忍受多大的痛苦，要有多大的毅力！

"因为我是总师，林总要我留下参加下午的庆功会，不能送灵车回沈阳。当夜在宾馆里，一个人心烦意乱，根本无法接受这种现实。我给王永庆（沈阳所总师）打电话，我说你过来陪我坐一会儿。我们默默地坐着，什么话也没说，彼此相对坐了两个多小时。

"我与罗阳整整在一起工作、生活了30年。当年一起住筒子楼，一个食堂吃饭，一个球场打球，一个班子干活。彼此之间，只要看一下对方眼神、表情，就可以知道对方在想什么。现在一个生龙活虎的人，说没就没了，让人无法接受。"

孙聪两眼望着窗外，陷入了深深的追忆之中……

片刻，他又对我说："罗阳干什么都特别认真、特别执着，他性格内向，谦逊平和。因为长时间做党委领导工作，对任何一件事，他都方方面面考虑得很多，许多话没说出来，憋在心里，没有释放空间。我同他不一样，心里不高兴，喝顿酒，骂骂人，就完了。"

谈及歼15两支团队的合作时，孙聪兴奋地说："漂亮！虽不能说是天衣无缝，但非常漂亮！"

"我们在歼15项目中率先采用了数字化协同设计理念。过去都是设计师拿尺子、笔和纸画图，图画好了再进行工艺审查，然后再去设计工装、设计夹具等等，这是老一套的体制。后来开始用计算机画图，但是这个流程没有变。歼15第一次采用三维数字化设计，同时改变了设计流程，而流程的改变是需要管理跟得上去。开始设计，我们就提出了联合设计。一年半的时间里，沈飞公司有150多位技术人员，走进我们所各个设计室，参与并行工程。这样的模式可以大大缩短研制周期：一是，我们在设计的时候，有一个很好的工艺支持，就能清楚地知道这样的设计是否可以真正实现；二是，我有一个设计想法，用怎样的工艺可以更好地实现，工厂方面能给我提供好的建议；三是，为了达到一个共同的目标，设计方说明设计核心，工厂方说明工艺难点，相互碰撞，争取将它实现。我们还搞了一个五级成熟度管理，冲破了组织壁垒。"

我问："什么是五级成熟度管理？"

"五级成熟度管理，是所、厂双方实行的一种完全新的管理模式。我们将设计过程划分为五级，设计初期，图纸成熟度达到一级以后，沈飞公司就可以制定作业文件；达到二级后，就可以定做采购料了。这种高度协同并行的模式，一方面抢来了进度，也促进了设计和工艺的有效融合，对飞机制造是一个全面提升。工艺和设计是互相开放的，做到单一数据团管理，实时数据共享。"

"它的实施效率怎么样呢？"我又问。

"这套协作模式提高了效率40%，如果管理得好，可以使效率提高一半。"

孙聪告诉我，这次歼15用了很多新工艺，这是以前没用过的。"飞机设计最难的就是导管的设计。飞机上有很多管子，发动机用的燃油管子、驱动飞机保证舵面运动的液压油管子等等，这些管路的安装是非常复杂的。过去我们叫打式样，要到飞机上依据空间来设计如何走管道。现在采用计算机三维设计就是用数控装管。我们设计的数控装管在计算机上很容易做出，所以引进了大量的先进的数控弯管机，弯出了不同的管型，然后装配好。这种工艺能力的提升，都是在制造领域上，罗阳这支团队从行政资源保证上、从工艺装配技术创新上，都在努力做这件事。无论是总师系统还是行政指挥系统，我感觉我们在追求先进技术是有共同的目标、共同的动力的。"

歼15仅仅用了××月就飞起来了，这种速度不说绝后，起码是空前的。

孙聪说："为了加快速度，除了五级成熟度管理，我们还建立了一套基础的数据流程和先进工艺的制造过程。这个过程都是我们跟罗阳一起研究确定的。他需要调人时，沈飞会在不同车间把有能力的人员抽调在一起，形成一个新的项目团队。这个团队不属于哪个车间，这就相当于组织模式发生了变革。我们共同开创了一个'沈阳快速试制中心'，在中心的筹建上他付出了很多的心血。这种技术创新都是罗阳决策，沈飞公司自己掏钱干的。歼15飞机研制技术进步带来的成效体现在最后一飞上，但其中凝结着的是整个团队的心血。"

孙聪又想起了罗阳在辽宁舰上的最后时刻，"歼15着舰成功，那天他特别高兴，紧锁着的眉头也舒展开了，平时总是躲着镜头的他，在舰上主动跟这个照相跟那个合影。晚上吃完饭，我们俩在舷梯口碰见，他很兴奋，扬着眉，对我说：'完美收官！不过，我们回去以后还得好好总结经验、找找不足，沈飞的能力如何提高？沈飞的管理如何提升？沈飞的产品质量如何更上一个台阶？'没想到这是他留给我的最后几句话。

"第二天上午，我从大连飞快赶回沈阳，一踏进罗阳的家，他的妻子王希利拉着我的手，哭着说：'孙聪，罗阳是跟着你一起走的，你怎

国家的儿子

么不给我带回来？'当时我真是欲哭无泪、欲说无语，心像刀剜似的。是啊是啊，我怎么没把他带回来？我与罗阳在一起这么多年，就算不能说是战争年代那种出生入死，但绝对属于同甘苦，共命运。我们俩有着近30年的情谊了，我们这些人感情不是很丰富，平常在一起，大部分时间是在谈工作，偶尔涉及家庭，最多也就是聊聊孩子的学习。不像有的人总是抱怨，今天说不能再拼了，明天说得享受生活了，罗阳从来没说过这种话……"

歼15横空出世，翱翔海天，然而，罗阳的生命却轰然陨落。

孙聪给我带来了几张罗阳在辽宁舰上的照片，照片的背景是辽宁舰的飞行甲板和苍茫起伏的大海，罗阳穿一身中航工业集团的蓝色工装，海风吹拂着他的头发，脸上终于露出了久违的微笑，他那专注的目光凝视着前方——很远很远的地方！

罗阳在辽宁舰上最后留影

第八章

生命线

罗阳常说:"质量是生命线!"

罗阳常说:"我们一手托着国家财产,一手托着战友生命!"

"胶圈事件"至今还像一口警钟一直在敲响着……

2009年4月17日,驻厂军代表在例行检查中,发现3只用于某型号飞机液压操作系统的胶圈不合格。3只胶圈都有毛刺,本应该用刀修理整齐的,却没有修理。

3只不合格的胶圈被送到了罗阳办公室。罗阳把它们放在手掌中,细细地翻看着,忽而,3只胶圈像是3只小火球,烧灼着罗阳的心。

罗阳一个电话打到总装厂,让把已经装上机的这种胶圈全部卸下来,并查明有问题的有多少只;他又给七厂打电话,立即停止这种胶圈的生产。

中午,罗阳让办公室通知,立即召集公司领导班子成员会。

大家走进会议室,只见罗阳抿着嘴角,眉峰紧锁。

党委书记、总工程师和几位副总经理传看着3只不合格的胶圈,大家都是一脸惊愕。

罗阳说:"我布置清查了一遍,这种胶圈已经装上机的一共是115只,其中两只有问题;库存还有两万只,其中不合格的占百分之三四。"

大家纷纷议论开了。

"小胶圈，反映出大问题，到了天上，很可能由于不合格的胶圈，出大故障。"

"航空史上，一个小铆钉，一只小卡片，一节小管道，出了问题，导致机毁人亡，这样惨痛的教训比比皆是。"

"我们平时总是将目光盯住一些大的问题、一些要害性的问题，对于一些小问题、一些边缘性的问题，反倒忽视了。"

罗阳接过了话头，"我想问大家一个问题：这3只不合格的胶圈，不是我们发现的，而是被军代表发现的，它说明了什么？"

不待大家回答，罗阳自问自答："它说明我们的管理出问题了。大家想想看，胶圈是我们自己生产的，出厂的时候为什么没发现问题？入库的时候为什么没发现问题？装配的时候为什么也没发现问题？如果管理严格的话，本来这几个关口都是有可能发现问题的，但是，没有发现。这只能说明我们的管理环节上还有漏洞！大家再说说看，这个问题如何处理？"

有人说："把剩下的一万个胶圈，投进高温炉里烧了。"

有人建议："像处理盗版光碟一样，找台压路机把它压了。"

罗阳似乎已经拿定了主意，说："这样吧，下午就在七厂的生产车间开个现场会，让更多的人来分享这个'痛苦'！"

下午3时，罗阳带着公司的领导班子成员到达七厂时，会场已经有300多人了，包括公司机关各部门负责人，各厂的党政一把手，各厂分管生产、技术、质量的副厂长，职工代表等。

　　会场临时用木头箱子搭了个简易台子，台上搁着两只大铁桶，旁边堆放着半人多高的纸盒子。厂办只通知说是召开紧急会议，许多人到了会场还不知道会议内容。见台上的摆设，更是丈二和尚摸不着头脑。

　　罗阳走到了台子上，他环视了一下会场，有些沉重地说："同志们，下午临时决定开个会，内容呢？就是为这个来的。"说罢，罗阳拿起桌子上的一个盒子，从里面抓出了几只胶圈，"这种胶圈是××型号飞机上用的，昨天，我们的军代表在例行检查中，居然发现有不合格产品，而且，这种不合格的产品已经装到了飞机上。或许，有人会说：一只小小的胶圈上有点毛刺，不必小题大做。但谁敢保证就是这只小小的不合格的胶圈装到飞机上不出问题？航空史上，这样的教训难道还少吗？本来，想把这批胶圈销毁掉就算了，后来，我想想，还是让大家共同来感受一次痛苦的经历吧。下面，从我开始，每人上台来剪10只胶圈。"

　　罗阳拿起一把剪子，把剪断的胶圈扔进了铁桶里。

　　公司领导班子成员依次走上台，拿过剪子，一个一个地剪着。

　　接下是公司机关各部门负责人、各分厂的领导和职工代表，大家神情严峻，默默地走上台，默默地剪着胶圈，有几位女工，一边剪着一边落泪……

　　偌大的车间，此时变得格外地安静，静得只能听见剪子发出的"嚓、嚓"声。

　　罗阳和公司其他领导一直站在台前，注视着这令人无法忘却的一幕。

　　所有到场的人都剪完了，罗阳又一次走到了台子上，他说："刚才，看着大家在台上剪胶圈，我的心里有一种说不出来的伤痛。小小的胶圈出了问题，其实，是生产胶圈的人出了问题，是使用胶圈的人出了问题，如果我们大家质量意识再强些的话，那么胶圈也就不会出问题了。希望大家回去后，再好好想想，如何杜绝类似问题的发生……"

处罚是严厉的：

当班工人扣除当月绩效工资；

有关领导扣除一季度绩效工资；

全公司通报批评。

罗阳要让全公司职工都因为不合格的胶圈，经历一次痛苦的过程。

在管理上，罗阳一直坚持以人为本，坚持仁治。

仁治不等于仁慈。罗阳对待工作的态度极其严格，管理手段也非常强硬。公司规定，班子成员开会和开干部例会，无故迟到者，必须站着听会；在会议进行中，谁的手机响了，也要起来，一直站到会议结束。他说："态度是做好工作的保证，如果连开会都不能保证准时到场，不能遵守会场规则，那又怎么能把工作做好？"

2010年8月，某分厂发生了一起一等工伤事故。

罗阳带头在质量承诺簿上签名

一位工人到立体库房提取工装，因为提取的工装比较多，那位工人见库房保管工忙不过来，便自行操作堆垛机去取工装，在取完一个托盘内的一套工装后，他准备再提取另一个托盘内的工装。此时，距离地面约7米高的原来那个托盘由于归位不准确，突然翻动，导致多套工装坠落，其中一件600mm×200mm×30mm大小的工装砸中那位工人头部。工人被紧急送往医院，后不治身亡。

某分厂是公司的骨干厂，厂长有威信、有魄力、有能力，是罗阳手下的一员爱将。这几年公司每年年度综合考核，该厂均名列前茅。

谁会想到，该厂会发生如此重大的事故。

厂长到罗阳办公室负荆请罪。

罗阳发怒了，他像只狮子似的在踱着步子，忽地回转身，面对厂长训斥道："我想问问你，你们厂是农村的生产队还是城里的自由市场？一个工人到仓库领工装，居然可以不通过库房保管工，自行操作堆垛机去取；负责那一摊的保管员不在，其他的保管员居然可以允许工人自己去取配件，库房里一章章一条条的规章制度写得清清楚楚的，贴在墙上，难道光是为了装装门面吗？因为违章，一个人说没就没了，一个生命瞬间就消逝了，难道你们不知道生命的珍贵吗？没有飞机可以去制造，一个生命没了谁能让他复生？"

厂长站立在那里，神色肃然，两眼含着泪水。

罗阳平静些，语重心长地说："我强调了多少次了，抓质量、抓安全要战战兢兢、如履薄冰，可我们的工作为什么还是有不到位的地方？如果我们的责任心再强一些，如果我们的规章制度能够百分之百地落实到实处，还会出这样的事故吗？"

罗阳有些累了，他坐了下来，继续说："我不想再啰唆了，你等候处罚吧。不过，你得先把后事给处理好了，那位工人80岁的老父亲还躺在医院里，老人再有个三长两短的，你罪加一等！还有，最近生产正在节骨眼上，出了差错，我还是拿你是问！"

第三天早晨，刚上班，罗阳便接到某分厂200多名干部职工的联合签名信，信中反映该厂厂长一手抓科研，一手抓生产，工作干劲大，有创新精神，还特别关心员工。请求公司免于或从轻对厂长的处分。

罗阳掂着信，自言自语地说："晚了，晚了！"

一个星期后，罗阳收到的另一封信却使他不由得有些心动，信是那位身亡工人的父亲写来的，信中写道：

…………

一个星期来，厂长带领工会的同志时时伺候在病床旁，端茶倒水，问寒问暖。虽然我为失去儿子而痛苦，但又被大家无微不至的照顾所感动。

分厂这几年来发展势头很好，就因为有了一个好的带头人。工人们都反映厂长为人正派，工作能力强，又非常关心职工。

听说公司要对厂长处罚，我很担心，我不想因为我儿子的不幸，连带处罚厂长，那样的话不仅我于心不忍，同时还要增加新的痛苦。

我以死者父亲的身份，以一个沈飞老职工的名义，为了全厂的利益，请求公司免于对厂长的处分……

一个多么通情达理、深明大义的老人啊！罗阳的心潮在翻动着，他想起了金家人，想起了日夜奋战在一线的普普通通的员工们，他们是沈飞公司的砥柱、沈飞公司的中流砥柱！

研究如何对该厂长处罚的公司经理办公会，开得有些艰难，罗阳没有想到为他求情的居然大有人在。好几位副总经理摆出了一条条理由，请求对他从轻处理。更有甚者，说如果对他过重处罚，会影响一大批中层干部的积极性……

会议陷入了僵局，人们将目光投向罗阳。

罗阳神情凝重，不时在笔记本上记着什么。见大家说得差不多了，他合上笔记本，站了起来，说："大家发表了许多意见，充分肯定了这位同志的优点，这些我都是赞同的。这几年分厂发展很好，和整个班子的团结与执行能力不无关系，和厂长的作风、威信、能力也是不无关系的。特别是在事故发生后，在明知将会受到严肃处理的情况下，他仍然尽职尽责，在妥善处理事故的同时，科研生产任务完成得非常好。但是，我要问大家，如果不对他处罚，或减轻对他的处罚，将会产生什么样的后果呢？"

大家一时无语。

罗阳分析说："如果那样的话，有人要问：你们制定了那么多的规章制度干什么？如果那样的话，规章制度也就失去了它的严肃性；如果那样的话，今天有人违规去取工装，明天将有人违规去做其他的事，那必将形成一个恶性循环。因此我认为，功是功，过是过，出了工伤事故，作为第一责任人的厂长就要承担相应的责任，对这个问题的处理，决不能姑息，决不能心软。大家都看过电视剧《亮剑》，战功累累的李云龙违反了军规，不是照样被撤职到被服厂当副厂长吗？当然，他认识到错误了，也改正了，以后还是可以重新起用嘛！"

处罚同样是严厉的：

该分厂厂长被撤职，级别从正处降为正科；

相关责任人分别被撤职或降职。

罗阳向中航工业集团写出了深刻的检查，并请求给予自己处分。

一个月后，罗阳被中航工业集团通报批评，并被扣除一万元年度奖金。

2012年×月×日，某型号2号机在试飞时，突发座舱盖爆裂事故。

罗阳组织有关专家，很快查清了事故原因。

事情过去了半个月，有一天，质量保障部部长林波接到罗阳的电话。

罗阳问林波："林部长，咱们上次在做'故障树'分析时，列了23个可能造成故障的问题，我记得'砂纸打磨强化玻璃'也是其中问题之一。现在虽然已经查明问题不是出在这里，不过，我不大了解咱们是怎样管理砂纸的，这个型号飞机打磨座舱盖强化玻璃使用的是多少号的砂纸？"

罗阳与基层签订责任状

林波想了想,回答说:"从100号到120号都有。"

"设计文件规定使用多少号砂纸?"

"好像没有具体规定。"

罗阳又问:"我们的工艺文件规定使用多少号砂纸?"

"好像也没有规定。"

"没有规定,材料部门怎么给工人们发放砂纸?"

"老机型都这么用,材料部门会按习惯发放砂纸。"

罗阳紧追不放,"既然工艺文件没有规定,那么工人又怎么知道要使用多少号砂纸?"

林波说:"罗总,您这一问,还真把我给问住了。这样吧,我了解一下,再向您汇报!"

林波带人从两条线进行检查,一条线是查阅设计文件和工艺文件,发现这两个文件都没有规定使用砂纸的型号；另一条线是检查砂纸的进货和使用情况，这一查，问题更大，库房里只有砂纸进货登记，没有工人领取记录。

罗阳听完林波汇报，脸色变得严峻起来，他说："这不就是质量隐患吗？设计文件和工艺文件都没有对砂纸型号的要求，可是用 80 号砂纸和用 120 号砂纸去打磨座舱盖，成品的厚薄是不一样的，这说明了设计和工艺都有缺陷，尽管是个小小缺陷。工人去领取砂纸没有记录，更说明我们管理上的混乱。"

罗阳把器材采购部长和零件生产部长都找来了。

罗阳说："砂纸对于我们这么个大厂来说，是个极不起眼的耗材，恰恰是这个极不起眼的耗材，看出了我们在管理方面存在的问题。因为领取砂纸非常容易，势必造成浪费，从成本角度看，等于是增加了企业的成本。而对砂纸的使用没有具体的要求，无形中在提倡一种随意性，你想怎么样就怎么样，就如同小农经济一样，农民今年想种小麦就种小麦，明年想种玉米又种玉米。你们想过没有，这种随意性一旦变成了习惯，那与现代企业的管理绝对是水火不相容的。"

一件小事，却让罗阳看到了其中存在的隐患。

器材采购部长说："除了砂纸，我们对其他消耗性器材的管理也不到位，像手套、手电筒、肥皂等，同样存在库房保管、存储不清楚，领取手续不严格的现象，'砂纸事件'给我们敲起了警钟，对消耗性器材的管理，我们必须建立起严格的规章制度。"

林波说："一架飞机有几万个零件，影响零件质量的因素是多方面的，我们平时往往关注跟质量直接有关的因素，对那些间接有关系或者说是有可能有关系的因素却忽视了。"

罗阳接过了话头，"我们抓质量问题，既要总结经验，也要吸取教训，甚至可以把教训当作一种财富。航空工业的发展、技术的进步，从某种角度讲，就是从一次次失效或者失败中积累教训才获得的。我们不是常常爱说细节决定成败吗？'砂纸问题'就是细节，它可以决定一架飞机的成败！"

举一反三。

一个关于消耗性器材管理的相应制度建立起来了。

公司还建立了"质量三谁责任机制"。"三谁"是指业务谁主管、质量谁主抓、责任谁承担。罗阳的理念是产品的质量不是检验能检验出来的，而是设计出来的、生产出来的。每一个环节都必须做好自己的工作质量，用工作质量保证产品质量。如果工作过程、工作质量都符合要求，最终飞机的质量肯定没问题。原来一旦出现质量问题，第一个板子一定打在质量部门，追究责任质量部门也是首当其冲。建立"质量三谁责任机制"以后，质保部主要起监督作用，及时发现进展中存在的问题，包括管理上存在的问题，包括职责和流程上顺不顺畅等问题，并给公司提出意见和改进建议。这样一来，所有涉及产品的质量责任全面分解落实，产品的质量也有很大的提高。比如歼15，虽然还在科研阶段，但是

沈飞公司荣获"全国文明单位"

它创造的飞行出勤率和完好率,不仅在国内是一流的,在国际上也是一流的,这个数据是被公认的,超高的出勤率和完好率,如果没有产品质量做保障是不可能实现的。

对于沈飞公司现代化管理的复杂性与科学性,尽管我做了比较深入的采访,依然感到自己笔力不足,难以生动描述。就如同我身旁的一些画家朋友,他们画起山水、花鸟、人物来如鱼得水,但面对现代化建设,特别是工业现代化,他们也感到难以下笔。

文学与艺术,难道都排斥现代化工业吗?不会吧,或许是因为作家与艺术家还没有找到表现它的最佳方法。

不过,我在罗阳谈企业管理的文章中,读到他举的一个"火炉效应"的例子,倒是给我留下深刻的印象。他说:"小孩子虽然不懂事,但他们却不敢去碰火炉子,为什么?一是大人提醒过他们,火炉子很烫,是不能碰的;二是一些孩子碰过,手被烫了,他就再也不敢碰了。我们抓质量,讲管理,不能整天讲些空洞大道理,要想办法建立'火炉效应',要让我们的所有员工懂得,无视质量管理,无视规章制度,'手就要被烫的'。这是个朴素的道理,我们在建立规章制度的时候,要延伸这种作用。"

看来,如何将复杂、科学的现代化管理手段,变成通俗易懂的道理,变成员工的一种习惯,这也是领导者的艺术。

第九章

本 色

这种本色，犹如雨后的天空一般明净；

这种本色，犹如深秋的大海一般辽阔；

有人说："对罗阳怎么评价都不过高！"

有人说："在罗阳身上几乎找不到缺点。"

我不由得疑问："这个世界居然还会有'怎么评价都不过高'的人？还会有'几乎找不到缺点'的人？"

罗阳去世后，到罗阳家吊唁的人络绎不绝。走进他简陋的家，像是走进一张褪了色的老照片。老式的装修，老式的家具。客厅里的6盏灯，有3盏是不亮的。许多人禁不住疑惑地问罗阳的秘书小任："罗阳还有别的住房吗？"当小任回答说"这就是罗总生活了十几年的家，他没有其他房子"时，人们不由得十分感慨："一个国有大企业的老总，怎么住这样的房子？为什么不重新装修一下？"

这还是十几年前罗阳在沈阳飞机设计研究所工作时分到的房子，一个普通小区里的一个普通单元。调到沈飞以后，公司考虑到他上班远，不方便，三次研究再调整他的住房，都被他拒绝了。他说："房子不就是为了住人吗？我们家人口少，现在的房子已经足够住了，不必再考虑我的住房问题。"

妻子王希利多次提议："咱家不要新房子，但把这个房子重新装修一下总可以吧？"

"可以，不过得找机会，等我有时间了再说。"罗阳答应了多少次，但直到最后，屋子如旧，妻子到底没等来装修的机会。

有的人房子换了一套又一套，面积越换越大，位置越换越好，永远没有满足的时候。但罗阳的心思不在这里，房子是身外之物，他的心中分量最重的是事业。

家里的窗户变形了，到了冬天直往屋里灌风。按说可以交代给秘书找人修理，他却自己从商店买来了密封条，把窗户缝给密封上。他不想给单位和同事添麻烦。难怪妻子说："他的心中只装着单位，只装着工作，唯独没有他自己。"

退休职工张慧敏是罗阳的老同事，罗阳在601所当组织部长时，张慧敏是组织干事。当年在一起工作、生活的情景，张慧敏依然记忆犹新：

"罗阳在601所里工作那么多年，几乎没有任何负面新闻。他37岁当党委书记，开始大家也猜测他家里可能有什么背景，但是后来他凭着出众的工作能力和扎实的作风，打消了大家的疑虑。他的确没什么背景，也没有靠山，单纯的军人家庭，父亲是名军队院校的教员，他完全是凭自己的能力干上来的。

"他的亲和力很强，大家在一起共事非常轻松自如。他生活很朴素，我现在闭上眼睛就能闪现出这些画面：冬天，他总是穿一件皮夹克，戴个耳套，骑辆自行车，不管多冷的天，他总是说说笑笑就走进办公室；到了春秋就是一件黑色的夹克衫，一直穿到几乎是不能再穿了，套着毛衣是它，脱了毛衣还是它；夏天就是再普通不过的 T 恤。

"记得是在 1998 年的时候，所里给部分员工分了房子，也有罗阳的。那时候没有搬家公司，几个部门同事一起去帮他搬家。家具卸下车，大家一看都乐了，这究竟是哪个年代的'古董'啊！从沙发到桌椅都是多年的旧物，几只书柜都被压得有些变形了，一些桌椅板凳都掉漆了。他对这些从来不讲究，就认书，书必须得看。他实在是太忙了，母亲想让他办点事，他总是说先等等。要不让老人把需要他做的事情集中列好，腾出时间时他便一鼓作气全解决了。

"你跟他相处，从来不会感觉到因为他是领导，需要仰视他、讨好他，他就是你的同事、你的朋友、你的家人。现在他成了英雄，但在我的眼中，他仍是我们那个可亲可爱又可敬的罗总。"

司机小王为罗阳开了 10 年的车，在他的心目中，罗阳既是公司的老总，也是他的大哥。他告诉我：

"我给罗总开车这 10 年，是最辛苦的 10 年，同时也是最愉快的 10 年。他没有一点架子，随意，从来没把我当作司机，而是拿我当小弟一样。跟了他 10 年，他没说过我一句，有时候接他晚了，他总笑呵呵地说'没事、没事'。有时他会给我打个电话，问我在哪里，我说'正在加油呢'，他会说'你别着急，我自己在办公楼前先活动活动'。

"一年 365 天，除了大年初一休息一天，其他时间他都处于工作状态。他每天都要提前半个小时到单位。有时出差回来，半夜才把他送到家，我说明天早晨我晚接你一会儿，他还是准时在宿舍楼下等我。加班对于他来说是经常的事，晚上九十点、十一二点回家都很正常。

"节假日，他几乎都在办公室读书、看材料、思考问题，而且不让我告诉其他人，他是想自己一个人安安静静做点事。长年累月都是这样，成了一种习惯了，也许他认为工作就是乐趣吧，他顾不了家，一门心思就是工作。

"生活上，罗总是最好对付的，中午在单位，他经常让我给他买盒饭，一般是十块八块，奢侈点才买个吉野家。到市里开会，有时到了饭点，我问他想吃什么，十次他十次回答'面条啊'，这回是打卤面，下回是阳春面，再下回是朝鲜冷面。有时候带他走进小面店，连座都没有，我都觉得不好意思。晚上加班回家，他说自己有些饿了，让我把车靠在路旁，买个肉夹馍，或者提个拌凉皮回家吃。"

总工程师袁立说："我家跟罗阳住楼上楼下，我们一起装修的房子，装修风格一样，连装修材料也差不多。从1998年到现在14年了，房子还是老样子，说过多少次要再重新装修一下，但就是没时间。

"罗阳是个很'干净'的人，他没有什么负面的东西。我负责任地讲，这么多年，没见过什么人大包小包地往他家里送。

"在他楼上住，早上我听见他们家门响，'咣当'一声，就知道我要赶紧上班走，时间差不多。有时候前一天晚上喝酒了不敢开车，第二天早晨我就喊声：'等着我，咱俩一块儿走！'唉，难得有这么个好领导，难得呀！"

清正廉洁往往体现在一些小事上。罗阳担任沈飞董事长、总经理后，按照惯例，要给他调换更宽敞些的办公室，他对工作人员说："不要动了，

罗阳留影

我在这里办公很好，换办公室没什么意义，还会增加不必要的开支。"

罗阳的办公桌上，经常放着一沓已经单面打印过的废纸，他不让秘书扔掉。他自己起草的所有文件和各种材料都使用这些废纸的另一面。有几次秘书给他换了正规的公文稿纸，他说："别换了，这是我从小上学读书时就已经养成的习惯，现在的纸张多好啊，完全可以再用一次。"

罗阳是个很单纯的人，单纯得像个小学生。有个小插曲，至今还在行业内流传：有一年，中航工业集团在海南岛召开"高级专业技术职称评审会"，罗阳是评委之一。会议结束前，集体合影，会务组通知合影时请着正装。由于海南天气炎热，很多人都穿着休闲装来了。排好了座，突然发现着正装的只有罗阳一人。罗阳以为是自己听错了通知，忙问工作人员："我记得是要求穿正装合影，是不是我听错了？如果统一要求穿休闲装，我再回去换。"大家都被感动了，说："从这么件小事都可以看出，罗总一切听从组织安排，最认真，值得我们学习。"

作为沈飞公司党风和廉政建设的第一责任人，罗阳抓党风、作风建设的特点是紧密联系公司的实际，把责任落实到每名领导干部、每名党员的岗位职责中，落实到每道工作程序、每个工作环节中，而不是表面的喊口号、搞活动。这种落实到地、积极预防、制度保障、严格惩戒的党的作风建设机制，使他在任沈飞董事长、总经理的5年里，公司领导干部无一发生较大问题。

作为一家大型军工企业的老总，罗阳位重权大。沈飞公司每年都有巨额投资的工程，数目众多的外协项目，罗阳从来没有介绍过任何人私下参与；他也从来没有利用手中的权力为自己的家人和亲属办过私事。罗阳说过，最尴尬的是遇到有人要给他送礼。有些是好朋友来看他时，给他带来香烟和茶叶，实在无法谢绝，他就转送给办公室的同志们，说："这是我的好朋友送的烟和茶，我实在不好不收，我不吸烟，也很少喝茶，你们做文字工作经常要加班熬夜，很辛苦，需要这个，你们用吧！"办公室的同志们很感动，他们私下里送给罗阳一句话："我们的罗总是最识人间烟火的人！"

| 第九章 | 本 色 |

罗阳留影

每年春节前，最后一架飞机飞完了，罗阳都要请公司班子成员和他们的妻子一起吃顿饭，26个人，一张大桌，济济一堂像个大家庭。罗阳先要把公司一年的工作，取得的成绩效益，遇到的困难，向家属们做个汇报，感谢家属们对公司的大力支持，真诚地说"军功章里有我们的一半，也有你们的一半"。罗阳会把班子成员每个人一年做的主要工作，特别是亮点之处，告诉对方的家属。然后，一一向她们敬酒。

2010年会餐时，好几位副总都是热泪盈眶。一是因为当年出了安全事故，负责安全的副总经理哭了。负责生产的副总经理苗玉华也流泪了，因为这一年的任务太艰巨了，简直是拼命干过来的。他进班子比较晚，以前没有经历过这么大的压力。罗阳像兄长一般拍着他的肩膀，说："小苗，我知道你们都很累，可是咱们都得挺住，航空报国不仅是荣誉，更是责任。"他又动情地对大家说："一年来，大家尽职尽责、尽心尽力，让我特别感动，也特别感谢。在我们这个班子里，我没发现有不团结的、不负责任的、不卖力的。出了事故，说明我们的管理还存在不足，这是需要我们认真对待与改正的。如果说到责任，作为企业的第一负责人，我应该负主要责任……"

性格耿直，为人低调，做事认真，能力出众，这是大家对罗阳的评价。无论是以前当技术员，还是后来走上领导岗位，罗阳给人的突出感觉是尽职尽责，默默奉献，从不居功自傲。他严于自律，每次在总结自己的工作或述职讲评时，他总是讲自己的缺点和不足多，检查得特别严格、入微、到位。

罗阳出道很早，不到40岁已经是正局级。每次上级机关开会组织合影，他总是往后让，总是站在最后一排，永远不会去抢镜头。他殉职后，办公室的同志们翻了许多资料，找不到他近年来"像样点儿"的照片，大都是他在工作岗位和生产现场忙碌的身影。他的遗像，还是从他生前参加过的活动中找出来的。

罗阳担任企业党政一把手20多年，从不大张旗鼓地表态承诺，唱高调。花钱宣传的事，办公室都可以为他做主拒绝，因为报到他那里他从来没有批准过。他对身边的工作人员说:"做事情,干吗非要上电视、报纸宣传?要宣传,你们就让他们宣传我们企业、我们集体。"

有一次,他出差在外,上级机关有项荣誉称号点名要报他,组织部便直接把他的材料上报了。他回来后听说了此事,轻易不发火的他发火了,"事情是大家一起做的,活儿是大家一起干的,为什么有了荣誉和奖励要首先想到领导?再说,我们还有那么多的副总,那么多的一线职工,他们做得比我都好……"

在与气动院院长赵波交谈时,他非常理性地向我总结了罗阳一生所经受的考验,他说:"我仔细回顾了罗阳短暂而又悲壮的一生,他一共经受了四个考验:第一、理想与信念的考验;第二、能力与胸怀的考验;第三、定力与操守的考验;第四、眼光与境界的考验。上个世纪八九十年代,军工企业不景气,罗阳面临着第一个考验,能不能留下来,耐得住清贫,坚守自己的信念和理想。第二个考验是指成为企业的领导以后,有没有能力领导好这个企业。罗阳从601所党委书记,到沈飞党委书记,再到任董事长兼总经理,事实证明,罗阳是有这种领导能力的。特别是在他生命的最后几年,几个型号同时上,他都是研制现场总指挥,他的领导才华得到充分的展示。许多新的机型都是在他的手里干出来的。他当总经理这几年,是沈飞最出彩的时候。第三个考验,是对人品、官德的考验。国企一把手权力还是很大的,上个项目,进个人,有很大的决策权。于是,有人拿着几万、十几万放在你的办公桌上,你有没有定力和操守,能不能经受住这种诱惑,罗阳是经受住了。第四个考验是考验作为企业的一把手的眼光和境界,因为企业一把手的眼光和境界,关系到企业的远景,关系到企业到底能走多远。罗阳对取得的成绩没有自满,而是不断地找差距,不断地追求卓越!"

在单位,罗阳是领导、是老总;在家里,罗阳是儿子、是丈夫、是父亲。尽管他把全部心思都扑在工作上,但家在他的心中依然很重很重!

罗阳是个大孝子。

母亲吴传英住在总后勤部沈阳干休所里，7年前，父亲去世，孤身一人的母亲成了罗阳最大的牵挂。

从此只要有一点点闲暇，罗阳就会绕道去城里看望妈妈。

晚饭后，吴传英都会和老姐妹们在院子里散步，只要一见罗阳走进干休所，阿姨们便会说："吴老师，儿子看您来了！"罗阳会喊一声"阿姨好"，然后，拉着妈妈的手，在院子里一边散步，一边说着贴心话。旁人见了，无不羡慕地说："老罗家养了个好儿子啊！"

有一次，罗阳和母亲在里屋说话，司机小王在客厅看电视。片刻，里屋的说话声没了，一片寂静。小王转脸一看，眼前出现了动人的一幕：罗阳和妈妈唠嗑，因为太累，唠着唠着，竟然斜靠在被子上睡着了，老人坐在床沿，拉着儿子的手，默默地望着满脸倦意的儿子……

每回告别时，罗阳在楼下都要仰起头，深情地望着住在五楼的妈妈；

每回告别时，妈妈都要趴在五楼的窗口向儿子慢慢地招着手。

"回头仰望，招手告别"，成了干休所一幅令人心动的画面。

每次出差回来，再忙，罗阳也要去看望一下老母亲，哪怕坐几分钟，他才放心。唯独这一次，就在他去世的8天前，从珠海参加完航展，回到沈阳后，他实在来不及去看望母亲，直接从机场去了歼15飞机试验基地。这是唯一的一次，以前从未有过，以后再也没有机会了……

对于家人，罗阳总是带着一种深深的歉意，因为忙，他无暇照顾家人，无暇陪伴家人，但他的内心却深深地爱着自己的家人。

有一次，罗阳带团到加拿大考察，日程安排得极为紧凑，回国临上飞机前，罗阳对大家说："实在对不起，这次出来，光忙工作了，连一次购物时间都没给大家安排。现在离登机还有点时间，我们一起到超市购购物吧。"

他们进了机场超市，罗阳径直走到卖枕头的货架前，他说妻子的颈椎不好，一下子挑选了3只不同功能的枕头，一路背回了沈阳。

罗阳与女儿的感情极深，女儿到上海上大学后，再忙，每个星期父女都要通一次电话。每次通话，女儿总是叮嘱父亲要注意身体，别太累着；而罗阳总不忘交代女儿不能睡得太晚，每天都要坚持体育锻炼。罗阳几次到上海出差，说好要去看看女儿，可最后还是因事务缠身而爽约。他再次向女儿保证："下次吧，闺女，下次爸爸一定来看你。"可再次相逢，谁能料想，他竟会成为女儿怀中披着黑纱的遗像……

罗阳和家人在一起

在我开列的长长的采访名单里，几乎都是罗阳的同事、部下、朋友。其实，从决定写罗阳的第一时间起，我就想见见罗阳的家人。但是，我犹豫着、纠结着……听说他的老母亲因为失去儿子，一直沉浸在痛苦之中，我实在不忍心再去打搅老人。罗阳的妻子王希利，除了追悼会和罗阳事迹报告团首场报告外，也一直在回避媒体。

那天晚上我就要离开沈阳了，上午我再一次采访气动院院长赵波。赵波听说我一直没有见到王希利，便问："你觉得很有必要见吗？"

赵波沉思了片刻，说："这样吧，我试试帮你联系一下王希利。"

经历了失去至亲的巨大悲痛,王希利没有被击倒,她必须用自己柔弱的肩膀挑起家庭的重担——罗阳的老母亲还需要照料,他们的女儿还需要培养……

这是一次特殊的采访——不,这不能算是采访,我没有录音,没有记录,我只想听听王希利的心声:

"罗阳把生命中最美好的时光都献给了中国的航空事业,却把永远的遗憾和怀念留给了家人。我心疼他,我为他心疼,'心疼'这个词,我以前也明白它的含义,也会用,但直到今天,我才真真切切感受到什么叫心疼!

"他说过,国家和人民给了我这么大的一个平台,我有什么理由不干好?他对工作特别投入,特别用心,他把全部心思都放在工作上,没有周六、周日,没有节假日,除夕夜晚上5点钟回家吃个快速的团圆饭,他还要赶回厂里去慰问一线工人。

"他干得很苦,所有航空人都干得很苦。我们刚结婚的那些年,还感受不到这点,这些年这种感觉却越来越强烈。有时他深更半夜疲惫地回到家,累得走路都有些摇晃,连洗脸刷牙的力气都没有。我心疼他,说:'你老这样,身体怎么吃得消?'他说:'你没去过一线,一线的工人比我更辛苦。我还能回来睡几个小时,工人们吃住都在车间里,有的累得直打晃,还在那儿坚持呢。'他从来不抱怨,不说牢骚怪话。遇到困难,有什么压力也从不对家人说。不过从细微的神情里,我也能感觉出来。每到关键的节点,他的话就少了,我就知道他正在处理大事。特别是每当新型号首飞、试飞,他的精神高度集中,家人也跟着紧张。

"有天清晨,可能是工作上遇到了难题,他很早就醒了,在床上辗转反侧,他突然问我:'你怎么理解恪尽职守?'我还没有反应过来,他又自言自语道:'每个人守住自己一摊,守住自己的阵地,这活儿不就拿下了吗?'

"家里的事从来指望不上他,他也真是顾不上。结婚头几年,他还陪我上过街,一起买买东西,后来就根本不可能了。家里甚至连换只灯泡都指望不上他，我也不忍心耽误他宝贵的时间，工作在我们家从来都是第一位的。

"他特别喜欢女儿，可是他从来抽不出时间给女儿辅导辅导功课。女儿高考时，我说'明天你送送女儿去考场吧'，他回答说'我哪有时间'，我真有些生气了，说'你不要留下人生遗憾啊'，就这样，他才请了两个小时假，送了一趟女儿。他去上海出差，住的地方离女儿的学校不远，他答应要去看看女儿，可最后还是抽不出时间。这些我只能理解。有朋友问我：'罗阳节假日都不在家，陪陪家人，你是不是已经习惯了？'我说：'不，我无奈。'

"不是我们一家如此，这个行业的家属都在做默默无闻的奉献。外人不了解，也不理解。

"罗阳特别不爱麻烦别人，平时做每件事情也都是尽量不麻烦别人。大家分析，罗阳在船上，肯定头天晚上就不舒服了，但他为什么提都不提，他就是怕给部队添麻烦。下船时，心脏百分之八九十已经坏掉了，那会是何等痛苦，但他还是坚持跟迎接的同志们握手，这就是罗阳的风格……

"罗阳心态很阳光，他愿意大家都愉快，他总是说别人的优点、长处，我跟他一起生活这么多年，从来没有听到他背后议论别人的短处。而且，他从来不说假话。

"他很斯文，不说粗话，连骂人都不会。

"罗阳生活特别简单，你给他做什么他吃什么，你给他买什么他穿什么，他几乎没有特别要求，而且这种简单变成了他的一种习惯，甚至是固执，轻易就不再改变了。

"罗阳是个很有生活品位的人，他不是没有爱好，而是没有时间。排球、摄影、围棋他样样拿得起来，但工作比个人爱好更重要，他把这些都给放下了。

"罗阳这次出差已经十几天了，走的时候，老太太感冒了，我忙完了单位的事，还得照顾老人，每天都是疲惫不堪。罗阳一个电话都没有，我都快有些崩溃了。24号下午，我在家里有一种莫名其妙的烦躁感，觉

罗阳摄影作品

得什么事情都干不下去，4点多，想出去走走。我已经踏出门口，正要锁门时，屋里的电话铃声响了，我拿起话筒，传来了罗阳的声音，他很高兴，说：'你在家，太好了。'在电视上我已经看到歼15成功起降的画面了，我问他：'怎么样？'他兴奋地说：'非常好，特别好，非常高兴！'我也很激动。他又问：'家里怎样？'一听到问家里情况，我不知道为什么，眼泪夺眶而出，我心疼地说：'你这么忙，这么累，到底为什么啊？'他平静地说：'工作嘛。'过了一会儿，他又说：'多去看看老太太、多给靓靓打电话啊！'这就是他最后对我的交代……放下电话，我坐在那里，不知为什么，一个劲儿地流泪……

"作为一名医生，我救治过无数病人，我却没能挽留住丈夫的生命，我无法去做任何的解释……

"我在清理罗阳的遗物时，发现了一张小卡片，这或者就是他的座右铭……"

我接过了小卡片，上面写着《罗阳自勉录》：

要注意

品格锻炼　知识修养　个人卫生

为人处世

要多为他人着想；

要善于观察他人的长处；

要善于听取他人的观点；

不要把自己的观点强加于人；

不以批评的口气和别人说话；

不自以为了不起，看不起别人；

不炫耀自己，不争名利；

不在背后说他人的短处；

不参加无必要的争论；

争论问题时不进行人身攻击,揭人短;

不可有虚荣心、嫉妒心和报复心;

要守信用;

不贬低他人来抬高自己;

尽可能地少发牢骚,更不能讽刺挖苦他人来发泄自己的不满情绪……

我在采访时,许多员工对我说:"我们的罗总压力太大了,我们罗总是累死的!"

沈阳飞机设计研究所副所长施荣明,有一次在机场遇到罗阳,吃惊地问:"罗总,你的头发这两年怎么白了这么多?"罗阳风趣地说:"压力太大,累的呗。一万多人要吃饭,国家任务压得这么紧,飞机出了事我得担责任啊。你想想,飞机上有几万个零件呢,哪个零件有问题不得出事呀……"

压力!压力!压力!

他要忍受多大的压力呢?

辽宁号航空母舰刚刚下水,网民们便着急了:你沈飞行不行?舰载机拿不拿得出来?海军将士、全国百姓可是望眼欲穿啊!

沈飞被称为航空工业的"长子",确实为国防事业立下汗马之劳。建国之初,在那样艰难的条件下,仿制出了歼5、歼7,后来又研制出了歼8、歼8II,使其成为我国唯一具备全天候作战能力的战斗机。然而,进入2000年之后,成都飞机工业(集团)有限公司快步赶上来了,他们接二连三地推出枭龙、歼10等颇受好评的三代战机,还有更令人兴奋的歼20。一飞冲天,大长精神。做惯了行业龙头的沈飞落伍了,沈飞的老员工说:"总觉得被压着一头,憋着一口气,有力使不出。"

更有网友热评:沈飞吃老本,束缚于"等"、"靠"、"要"的计划经济思维,缺乏创新精神。

沈飞真是"廉颇老矣,不可饭否?"

网友们的观点不无偏颇之处，然而你堵不住人家的嘴。

孙聪看到网友讽刺沈飞，为罗阳打抱不平，罗阳叹了口气说："谁让咱们是默默无闻的航空人，埋头干吧！"

埋头干吧——那是带着极大的压力在拼搏啊！

假如时光能够倒转，我们来追随他匆忙的脚步，看看他在沈飞公司最后一个上午的工作日程：

8时：公司质量检查会。

9时25分：到零件生产部民机科，听取部长汇报。观看条码（MEC）制造执行系统的运行情况。罗阳要求要利用条码技术为零件戴上"身份证"，进一步利用信息化手段，加强计划、采购、制造、生产保障、技术支持等各生产环节的集成管理。

9时50分：到13厂生产现场，听取厂长有关库房信息化配套管理、生产过程信息化管控、员工绩效信息化管理等情况汇报。罗阳要求13厂根据自身特点，特别要加强零件生产装配信息化管理水平。

10时10分：到12厂生产现场。罗阳要求进一步加强生产零件的可控性、可追溯性，把各个部门紧密联系起来，提高工作效率。

10时30分：到17厂生产现场。罗阳了解了基础数据管理、无纸化库房管理、生产过程管控管理等情况，要求积极推进条码（MEC）系统建设与运用。

10时55分：到18厂生产现场。罗阳要求现场的信息化团队，开发一个基于"六点工作法"的生产单位厂长专业页面，每天时时显示最重要的六件事，使他们能时时处处把握生产单位的主要运行指标和工作状态。

11时25分：到数控加工厂生产现场。罗阳充分肯定成绩，要求进一步实现利用信息化技术提升生产力的飞跃式发展，为数控加工的腾飞插上一对有力的翅膀。

11 时 56 分：罗阳对零件生产信息化团队语重心长地说："公司零件生产信息化已经取得突破性进展，你们应该继续努力，争取做到与国际同类企业比肩的水平，并在行业内起到标杆的作用，为公司科研、生产发展奠定基础，释放潜在的更多生产力，推动公司科研、生产的跨越式发展！"

分秒必争，这就是罗阳的工作效率！

沈飞公司有个在同行业出名的"711"和"724"工作制。"711"是指一周工作 7 天，每天工作 11 小时；"724"是说攻坚大干时期，吃住在厂，关键时刻 24 小时通宵达旦地生产。论"711"和"724"，罗阳是沈飞公司第一执行者。

2012 年 4 月的一天，罗阳刚刚从外地出差回来，顾不上进办公室喝口水，便立刻赶到某一施工现场，询问正在现场的施工人员，设备什么时候才能安装调试完毕？60 米的大跨度能不能确保安全？他告诉厂家技术员，将来这是用来调运飞机的，一定要保证万无一失。

厂家设备安装人员不知道这个人是谁，等罗阳离去后，他们听说这个人是沈飞公司的一把手时，满脸的疑惑，说："别蒙我们了，这么大的一个公司老总，哪会亲自跑到现场，过问这么具体的事情？"当得到确认后，他们既惊奇又佩服，"我们去过那么多单位，安装过那么多设备，还没有见过哪个单位的一把手像你们老总这样，这么深入、这么敬业……"

小任给罗阳当了 4 年秘书，对罗阳感情特别深，他对我说："罗总接任公司总经理的这 5 年，是最累的 5 年，取得的成绩也是沈飞历史上前所未有的。面对巨大的工作压力，他经常说的一句话是：我们没有任何选择，必须把不可能变成可能！

"我在罗总身边工作这几年，正是公司多个机型同时并进、军机民机同时并进、主业辅业同时并进，年年大干、全年大干的时期。对罗总，我印象最深的是他的工作日程总是安排得满满登登，像是一部'永动机'。他吃饭的速度非常快，几分钟吃完，起身就走。有一次开玩笑，我们问他中午吃的什么，他想了想，摸了摸脑袋，不好意思地说：'咳，吃什么还真给忘了。'出差的时候，为了节省时间，我们经常在路边小店随便吃一口。我都觉得有失他的身份，他却说：'吃饭，不就为了填饱肚子吗？还要那么多形式主义干什么？'每次他出去开会，都让我详细了解会议议程，预先定好返程票，极少参加会议主办方安排的参观、游览活动。

"一天深夜11点多，罗总赶到一个分厂。车间里灯火通明，正在做一项产品试验。罗总对这个产品已经关注了很久，也思考了很久，他给大家带来了突破新技术的好点子，经过几次试验，等到生产出合格的新产品时，天已经蒙蒙亮了。罗总拖着疲惫的双脚回到办公室，我劝他回家休息一下，他说上午已经安排了两个会议，没时间了，便在沙发上将就眯了一会儿，又开始了新的一天的工作。这样的干法，对罗总来说很平常。我们都心疼他太辛苦、太累，劝他注意休息，他总是说，一线工人更累、更辛苦!

"罗总身体一直很好，也非常喜欢运动，但实在是太忙，他擅长的排球没工夫打了，酷爱的摄影放下了，拿手的围棋也没机会下了。有几次在机场候机，我看他用手机上网下围棋，算是过过瘾。"

时间对于罗阳永远是不够用。有一次，小任发现罗阳的头发有些长，提醒他该理发了，可他没时间，一拖再拖。头发实在太长了，才在秘书的催促下，去了理发店。刚坐下，就对师傅说："简单点儿，越快越好!"片刻，只听得师傅"哎呀"喊了声，连说："对不起!对不起!"原来是他太累了，睡着了，头往下一垂，师傅没留意，前额的头发被剪掉了一撮，没法弥补了，只得将头发理得很短。回到公司，大家看了都有些诧异，有人问："罗总，换发型了？"罗阳尴尬地笑着说："机型换了，

163

发型也应该换！"

罗阳对身边的工作人员要求很高，特别严格，从来没为他们办过一件违反政策的事情。他原来的秘书徐英志的妻子单位效益不好，想调进沈飞公司，徐英志一下就给回绝了："没门儿！你想都别想。""为什么？"妻子觉得非常纳闷："沈飞一万多职工，为什么我就不能进？"徐英志回答："因为你是罗阳秘书的妻子！"

后来，徐秘书要调到公司另一个部门工作，组织部门考察的时候，罗阳说："考察干部要看实际能力，不要看是谁的秘书。相同条件下，不要用我的秘书。"

徐英志想："你不给我美言几句也就罢了，干吗还要说这种话？"

要调走了，罗阳把他叫到跟前，专门叮嘱："立身要正，身正自然生威，否则一切工作无法开展；工作能力可以培养，但洁身自好是根本。"

罗阳抓干部队伍建设，廉政放在第一位，把能力放在第二位。他自己有着很高的道德底线。徐英志说："我可以负责任地说，从廉政自律上来说，罗总绝对是一个标杆。"

在罗阳的追悼会上，罗阳的妻子王希利把罗阳的三任秘书叫到一起，给他们深深鞠了一躬，说："我知道，他没有关照过你们。今天，我替他谢谢你们！"

徐英志说："我们从老总身上学到的东西，足够用一生。"

作为一名领导者、管理者，罗阳任何事情都是身先士卒，任何时候都是严于律己，他是那种连每一个生活细节都经得起放大、经得起挑剔的人。

有外国媒体评论：在中国，负责像航母这样重大的国防与科研项目的研究人员，往往都要承受巨大的压力，压力已成为中国知识分子的头号杀手。

即便是钢铁，也有疲劳限度。因此，林左鸣将罗阳的殉职称为"疲劳断裂"。

我问赵波："大家都觉得最近一年来，罗阳的压力特别大，与以前相比有什么变化吗?"

赵波沉思了片刻,说:"说到罗阳的压力,我个人分析,有长期、中期、近期三个原因。从长期看,他从担任沈飞公司党委书记,到2007年担任总经理以来,尤其是近5年来,他的压力明显加大,因为近几年型号任务多,节点紧,每年都有新指标,都要考核。总结起来就是岗位的变化、责任的变化带来的压力。对了,这里面还有个能力的认可问题,过去罗阳一直当党委书记,现在改为总经理,你有没有能力管好企业,罗阳知道大家都在看着,这种压力只有罗阳自己来承担。第二点是这两年,尤其是2012年,几个型号连续奋战,每一个环节都要做好,每一个节点都要保证,基本上一年的工作都安排得满满当当的,这是中期压力。第三,近期在航母上的这些日子,歼15各项试验都完成了,按说把飞机交给海军了,罗阳本来应该是放松的,但作为研制现场总指挥,他又是个极其负责、细心的人,他自己把弦绷得紧紧的,加上环境、任务等因素,造成他巨大的压力。再一个从个人性格看,长期的工作岗位原因,罗阳的性格不像我们,他不愿意把自己的压力跟别人讲,不愿意给别人添麻烦,所有的压力和烦恼都憋在自己的心里。反倒是我们有了什么不愉快,都愿意找他倾诉,他成了大家的'减压阀'。我们问他的情况时,他总是说'没问题啊'、'我很好,放心'……"

"才见虹霓君已去,英雄谢幕海天间!"

罗阳的遽然殉职,让中航工业集团董事长、党组书记林左鸣扼腕长叹、悲痛不已。他说:"罗阳同志的离去,是党和国家航空事业的重大损失,航空科技战线失去了一位生命不息、创新不止的技术专家,航空企业管理战线失去了一位经营有道、业绩突出的企业家,型号研制战线失去了一位现场组织协同攻关的领军人才,我和大家也失去了一位可亲可爱、肝胆相照的好朋友、好兄弟。"

罗阳51年短暂的生命历程,引起了人们对于生命的思考。

罗阳是那种给人感觉很平常的人,平常到你可能都感觉不到他的存在。直到有一天他突然离去,人们才发现,一个如此平常的人,居然干出了那么多的伟业；直到有一天他突然离去，人们才发现他的高山仰止，才发现一个人优秀到非常平常，那是何等高的境界。

林左鸣说："罗阳离去，我想了很多。我们培养的干部，应该是什么样的？我们当然需要叱咤风云的虎将，但也需要平平常常、默默耕耘的干部，无论做出什么贡献，都不张扬，不膨胀，始终坚守着内心的信念，一以贯之地坚韧前行，平平静静地把事情干好——罗阳的背后，是不平常的坚定而高贵的精神品质。"

用自己的生命擎起了舰载机起飞，罗阳的生命之花如此本色，又如此灿烂！

第十章

英魂永驻海天

罗阳走了，带着他亲自指挥研制的舰载机在航母上成功起降的喜讯走了！

罗阳走了，带着一个民族挺起腰杆的自信与自豪走了！

大连陷入巨大的悲痛；

沈阳陷入巨大的悲痛。

"回家吧，罗阳！"

"罗阳，回家吧！"

罗阳的妻子、姐姐、姐夫赶到大连接他来了，他们撕心裂肺地哭喊着："罗阳回来——罗阳回来——"

海军首长和战友们在医院为罗阳送行。

大连造船厂的领导和同事们将罗阳遗体抬上灵车，哭喊着："大哥，回家吧！"

中航工业董事长林左鸣、副总经理李玉海，东北航空界的同事们一起护送罗阳回家。

载着英雄遗体的车队从大连驶向沈阳。

沈大高速，从来没有如此沉重、如此壮烈、如此漫长……

车队原计划直接开往沈阳回龙岗殡仪馆，但沈飞公司和沈阳飞机设计研究所的领导和职工们，一次次来电话，强烈要求让罗阳最后一次回家看看，也让大家再见上他一面，林左鸣同意了。

杨凤田院士在沈阳桃仙机场零公里处迎接罗阳魂归沈阳,泪洒当场

车队从沈阳桃仙机场高速路口拐下,只见几十辆车已在迎候,道路旁拉出了巨幅挽幛:"迎接罗阳总经理回家!""向罗总致敬,接英雄回家!"……

杨凤田院士拍着灵车车门,哭喊着:"让我看看,让我再看看罗总……"

车队缓缓驶进市区,罗阳的姐姐罗明说:"妈妈就弟弟这么个宝贝儿子,母子之情特别深,应该让弟弟向妈妈最后告个别……"

于是,浩浩荡荡的车队,熄灭大灯,缓缓驶向总后沈阳干休所。

当天早晨,老人在电视上看到了辽宁舰舰载机试飞成功的新闻,尽管她平时从不打听儿子工作上的事,但老人心里明白,今天的新闻与儿子紧密相关,她也殷切地盼望着儿子结束任务早些归来。或许真有心灵感应,从下午开始,老人就觉得有些心绪不宁,她几次侧耳细听,似乎楼道里已响起儿子熟悉的脚步,然后是轻轻的敲门声……她几次拿起电话,想跟儿子说点什么,却欲言又止,理智告诉她儿子刚刚执行完重大任务,不容打搅。吃过晚饭,老人实在是沉不住气了,拨通了儿子家的电话,可家里没有人(此时,王希利正在护送罗阳回家的灵车上)。晚上8时许,电话总算打通了,接电话的不是儿子,也不是儿媳,而是一个陌生人，说是来家里修理暖气的。老人哪里知道，陌生人是儿子单位来帮助料理后事的同事。

老人像是有了什么不祥的预感——这是从来没有过的一种感觉……

在迷茫的夜色中，干休所五楼那间熟悉的屋子里，灯光一直亮着，那是妈妈留给儿子的灯光！

然而，可敬而又可怜的罗妈妈哦，您可知晓？此时此刻，您的儿子就在窗外，他是来与您诀别的。

如果罗阳在天有灵，他肯定会看见那熟悉的灯光。这些年来，因为工作太忙，他只有在晚上能抽时间去看看老人。五楼的灯光，是母亲对儿子温馨的呼唤。

每每看到那温暖的灯光，罗阳便如同看见母亲慈祥的面容。51年母爱，情深似海，恩重如山。母亲大人，您的大恩大德，儿子此生已无力偿还，倘若真有来世，一切期待来世。

每每看到那明亮的灯光，罗阳便仿佛看见母亲殷切的目光。平时，母亲从不打听儿子工作上的事情，但她深知儿子是在为国家干大事，儿子是自己的儿子，更是国家的儿子……

只是，此时此刻，儿子的心脏已经停止了跳动，他已经无法看到那盏灯，无法再喊一声"妈妈"了。

一窗之间，母子阴阳相隔……

夜冷星稀风冽冽，英雄回家路漫漫。

天上不知什么时候飘起雪花，纷纷扬扬，晶莹剔透。雪花是来为罗阳送行的。

夜黑星稀风冽冽，英雄回家路漫漫

近了，近了，车队慢慢驶近沈阳飞机设计研究所——这里是罗阳实践"航空报国"梦的第一个起点，是罗阳曾经战斗和生活了20年的地方。在这里他从一位普通的设计员，成长为党委书记，这里还留着他的青春，他的智慧，还留着他的忠诚。

李明院士来了，李天院士来了，杨凤田院士来了。三位院士站在一起，神色凝重，悲痛欲绝，这是第二代航空人的杰出代表，在为第三代航空人中的一位俊杰送行。

在三位院士的心目中，罗阳是个集技术专家、管理专家、政工专家于一身的复合型人才。三位院士永远不会忘记罗阳经常说的一句话："我们最大的追求就是通过我们的努力，使我国的先进战机能够早日装备部队，使我国的国防工业能够尽快缩小与发达国家的差距。"

曾几何时，沈阳北郊三台子和塔湾上空经常可以听到战机掠过空中的轰鸣声，这样的令人心潮澎湃的轰鸣声，是一代又一代航空人不懈追求和努力的见证。而今，当舰载机横空出世，航空人取得又一项骄人的成果时，罗阳却猝然离去，让人注目航空工业的艰辛步伐，让人扼腕长空之翼背后的血肉之躯……

噩耗传来，如同晴天霹雳，老所长刘春义差点被击倒。此时，站在人群中，沉痛和惋惜写满了他噙着泪水的双眼。

他手执一张宣纸，上书："国事在肩，压在心头，英年早逝，壮志未酬——弟子走好！"

罗阳的成长过程凝聚着老所长等老一代航空人的一片心血，刘春义视罗阳如弟子，他是看着罗阳一步步走过来的，那一步步迈得格外的坚实。罗阳的不幸殉职，对于老所长来说是个极其沉重的打击。

老所长还记得当年他带团去俄罗斯考察，罗阳是团员之一。当时他们不仅参观了新机型，还参观了世界上最先进的风洞。那几天，罗阳的嘴角一直抿得紧紧的，神情庄重，庄重之中又带着一种激情，从那一时刻起，罗阳的愿景就已经非常明确了——通过他们这代人的努力，使中国自己制造的飞机赶上世界先进水平。

老所长最清楚，为了舰载机起降成功的那一刻，罗阳倾注了全部的智慧和心血。怀着对祖国的无限忠诚，他常年超负荷工作，带领团队完成了多个重点型号研制，直至生命的最后一刻。

让老所长感到宽慰的是，三代航空人的奋发拼搏，到了罗阳这一代，终于结出了丰硕成果。

这是被称为"60"后的一代知识分子，他们带着浓郁的悲壮色彩。甫一出生，便与共和国一起经历困难时期；受教育时，赶上"文革"；踏上工作岗位，即面临价值观的考验。二十几年的历练与锻造，他们终于成为行业的中流砥柱，也是时代承前启后的衔接者。他们在接过老一辈的接力棒后，又马不停蹄引领新一代奔向远大而宏伟的目标。罗阳是他们当之无愧的代表，精神高度的标杆！

每个时代，都有像罗阳这样的精英；正因为有了像罗阳这样的精英，平常的日子，才变得绚丽多彩。

近了，近了，车队慢慢驶近沈飞公司。

哀乐低回冬夜长，沈飞悲泣悼罗阳。

"罗总，一路走好！"

"罗总，我们想您！"

厂区大门口，一左一右两幅挽幛令人心碎。

罗阳，你看见了吗！数控厂房顶上，那用灯箱做成的"航空报国、强军富民"八个大字，今夜是如此明亮、如此悲壮！

沈飞公司领导班子的成员全部到齐了，他们站在办公大楼前，悲戚中带着坚强，他们知道罗阳不喜欢泪水，无奈今夜，寸断肝肠。

这是个特别有战斗力的班子，特别团结的集体，这届班子正在走向成熟期，足以将沈飞公司的事业推向新的高度。

谢根华泪流满面，他在心中默默自语："罗阳哦罗阳，我的好兄弟、我的好搭档。10年来，就在这座办公大楼里，你带领着班子成员运筹帷幄，攻坚克难，锐意创新，追求卓越。前进路上，每当遇到艰难险阻时，你总是冲在最前面，你总是用'外国人能干成的事情，中国人同样能干成'

的话语来鼓舞我们的斗志。你担任总经理的 5 年间，沈飞公司的产值从 49 亿上升至 123 亿。当我们为成功而欢呼时，你一面高兴，一面又提醒我们：'与世界航空强国相比，我们还有差距，任重而道远！'

"在庆祝歼 15 首飞成功的酒宴上，你举杯与大家同饮，你充满期待地说：'说好了，到了我们的飞鲨在辽宁舰上成功起降的那一天，我们一定一醉方休！'而今，飞鲨起降辽宁舰，我们热切盼望的时刻终于到来，罗总，你怎能独自离去？"

罗总，我们还等着你继续带领我们冲锋陷阵；

罗总，我们还等着你继续带领我们再创辉煌！

总工程师袁立至今仍无法接受眼前的一切，长年在一起工作，他们已经情同手足。然而，此时，他只能在心中向罗阳泣诉："我们住楼上楼下，每天工作、生活几乎都在一起，你就是我家庭中的一员，我也是你家庭中的一员。我们亲如兄弟，媳妇以妯娌相称，孩子以兄妹相称，更视双方父母为自己的爹娘。元旦将至，我该怎么去面对以泪洗面的嫂子、还在念书的侄女、身体有恙的伯母？英年早逝的大哥啊，虽然你为国家争得无上荣光，可我最想要的却是——你活着！你家的钥匙仍有一把存放在我家，大哥，我等着要亲自交给你……"

副总经理苗玉华在哭诉："罗总，你无时无刻不在关心着我们，看到我们劳累或是疲惫的样子，总是心疼地叮嘱我们要注意休息。有天中午，我向你汇报完工作，已经走出门，又被你喊了回去，你说：'你最近脸色可是不太好啊，是不是太累了？不会休息的人就不会工作！'可是，最不知道休息的恰恰是你自己。今年公司安排体检，你关切地询问我们体检结果，可你两次都因为事务太忙而耽误了。真是后悔死了，我们只知道向你汇报工作，却忽视了你的健康……"

车队经过试飞站，张晓强站长与员工们洒泪相迎。

张晓强原以为，歼 15 成功着舰后，罗总马上就会回公司了，他回来后的第一站肯定会是试飞站的生产现场。张晓强有许多新的想法，包括遇到的一些难题，都想跟罗总详细汇报，谁料传来的却是罗总去世的噩耗。

试飞站是罗阳在生命的最后两个月中几乎每天都要去的现场，它是沈飞公司的最后一道关口，沈飞公司16000名员工的整体成果都要在试飞站付诸实现。

罗阳知道试飞安全除了靠制度保障，最后还是要靠人来保证。他经常嘱咐张晓强，试飞站这种特殊的工作环境，一定要员工们注意劳逸结合。

罗总，你的心中只有别人，唯独没有你自己！

直到此刻，张晓强依然不相信罗总会这样就"走"了，不，罗总没走，他不过是操劳过度，实在太累了，暂时休息片刻。他还会再回来的，还会回来带领我们去创造新的奇迹……

在飞机跑道旁，此时，员工们的几百辆私家车车头朝西，一辆挨着一辆整齐地排列着。当灵车徐徐驶近时，刹那间，几百盏车灯同时打开，刹那间，茫茫黑夜如同白昼。

罗总哦罗总，我们为你照亮回家的路；

罗总哦罗总，回家了，你该好好歇一歇……

罗阳去世的消息，让汪强的心一阵颤抖，他和妻子吴楠跑出家门，本想打到厂里的，可马路上连辆出租车的影子都见不着，汪强等不及了，拉着妻子的手，一路狂奔，当他们跑进厂里时，厂区里到处是车流和人流……

车队慢慢驶过来了。

汪强泪流满面，嗫嚅道："罗总……您怎么走了……怎么走了……"

在汪强夫妇的心目中，罗阳既是领导，又是亲密无间的兄长。

2008年，汪强他们在攻克阻拦钩的焊接难关时，他正和妻子在恋爱之中。有一次，罗阳到现场，关切地问汪强："小汪啊，你整天加班，不顾家，爱人有没有意见啊？"汪强红着脸回答说："罗总，我还没结婚呢！"罗阳又问："谈朋友了？"汪强如实回答："正谈着呢。""对象有意见吗？"汪强笑着说："每天加班，好几个星期没见面了，她都提抗议了！"

罗阳一听，立即很严肃地对一旁的厂长说："咱们可是说好了，阻拦钩这个活儿要是干不下来，我拿小汪是问；小汪的对象要是吹了，我可是要找你算账！"

后来，厂长把罗阳亲自签名的《感谢信》送了一份给汪强的女朋友，她看了后，也很感动，她这才知道自己的对象整天在忙乎什么。再说，女孩的父亲也是沈飞公司的老职工，挺理解汪强的工作。

汪强小两口结婚的时候，专门给罗阳捎去了喜糖，罗阳托人转告他们："喜糖吃了，很甜。"

"罗总……您怎么走了……"汪强和吴楠泣不成声。

表面处理厂的保洁员康桂茹从邻居嘴里听说"罗总走了"的消息时，她差点儿跟人急了："你胡说什么？你！"然而，当她看见家属院的职工都往厂区跑时，突然意识到情况严重了，二话没说，匆忙跑回家，对儿子刘福林喊了声"儿啊，咱们的大恩人没啦"，便带上儿子，跟着人群往厂区拥。

"大恩人啊，您怎么说没就没了……"

"大恩人啊，您不能走啊……"

灵车过来了，康桂茹跪在了地上。

康桂茹泪如泉涌，她和儿子的悲号声，在寂静的夜空中传得很远很远。

罗阳所看重的"金家人"也来了，十几口"金家人"站成一排，向车队三鞠躬。

寒风吹拂着人们的衣襟，温热的泪水打湿了冰冷的脸颊。

罗阳是为我国航母事业倒下的科技战士，也是航母海上试验牺牲的第一人。

与罗阳朝夕相处的军代表们，此时神情庄重，他们列队向他们敬重的罗总，致以最后的军礼。

军代表们还记得那感人的一幕：

2012年初春，一架"空中飞鲨"要转场到某研究所做某项试验。因为是整机转场，体积大，只能从公路牵引；为了保密，只能是夜间进行。

当天子夜，天寒地冻，滴水成冰。罗阳提前来到现场，招呼技术人员对转运方案再检查一遍，最后认定万无一失后，他才在批准单上签上自己的名字。

寒风呼啸，大雪纷飞，气温骤降至零下十几摄氏度。牵引车缓缓行进，大家几次劝罗阳上指挥车跟着走，他却坚持步行，守护飞机。

6公里路走了3个多小时，当飞机安全进入某研究所时，罗阳已经变成了"雪人"。

在罗阳的心目中，飞机永远是摆在第一位的。

总代表陈青说："罗阳是军工战线无数默默奉献者的代表，从这个角度来说，罗阳不是一个人，而是一个群体，他们像'两弹一星群体'一样，默默无闻地为中国国防工业贡献着智慧和力量！"

是的，这是一个群体——这是一个特别能战斗、特别能吃苦、特别讲奉献的群体！

"兄弟上阵，七匹狼；兄弟拉车，八匹马。"还记得十几年前沈阳飞机设计研究所那个"七匹狼"团队吗？后来，如果从行政职务看，除了罗阳，其他6位同志全部得以提拔，但罗阳在他们的心目中却是永远的"党委书记"。他们是：

中航工业副总经理李玉海；

中航工业副总工程师、歼15总设计师孙聪；

中航工业飞机股份有限公司董事长方玉峰；

中航工业重大项目部新机办主任刘华翔；

中航工业气动院院长赵波；

中航工业气动院党委书记王宗文。

这个曾经以团结和铁血精神名扬中航工业的"狼"团队，再一次聚集在一起，然而，谁也料想不到，这次聚集，竟然是来为他们的"头狼"

送行的……

尽管李玉海叮嘱大家"罗阳不喜欢眼泪,今天我们谁也不许哭",但当车队缓缓驶近时,6个大男人却个个泪眼婆娑。

灵车似乎也走不动了,慢慢停了下来。

生死离别,感天动地!

空气被冻僵了,大地变得悄没声息,但我们分明听见了7位战友心与心的对话——

李玉海:"我提醒你多少回了,悠着点,悠着点,你从不放在心上,为了实现'航空报国'的愿望,你付出了自己全部的热血和生命!"

罗阳:"你们不也是同样如此吗?航空人不都同样如此吗?为了追赶世界先进国家的步伐,时不我待,哪个航空人没有一种紧迫感?"

孙聪:"已经再也没有机会听你说'你们怎么设计,我们就怎么生产'了……不,下回上新型号,我们还要请你做研制现场总指挥……"

罗阳:"哦,这只能是个美好的愿望,从此后,再也不能连滚带爬地拼命了,我只能给予你们精神上的支援……"

方玉峰:"每年春节,我们七家人都要聚一次,这是你定下的'制度',已经持续了十几年了。每次聚会都是一次盛会,平时不喝的酒,这时候喝了;平时憋在心底的话,这时候说了。记得有一年春节,华翔出国去了,我问你:'咱们是先聚,还是等华翔回来?'你说:'等,缺了哪位兄弟都不成。'可是,明年春节,却缺了你,这让我们情何以堪?!"

罗阳:"好兄弟,聚,你们一定要接着聚,让希利和靓靓也一定要去,就当我还在你们的身旁……"

刘华翔:"你走了,月亮遽然间失去了光明……"

罗阳:"航空人从来都是只干不说,默默无闻!"

王宗文:"你走得如此突然,你难道没有什么要嘱托的吗?"

罗阳:"永远离开我倾心服务了30年的航空队伍,30年无怨无悔,我最想说的一句话:这辈子能干航空工业真幸福!"

赵波："我们为你骄傲！"

罗阳："我为所有的航空人而骄傲！如果还有什么嘱托的话，那就是为了国家的利益、国家的荣誉，一定要把航空做大做强。我的好战友、好兄弟，拜托了！"

李玉海："！"

孙聪："！"

方玉峰："！"

刘华翔："！"

赵波："！"

王宗文："！"

百年航空报国志，横空出世歼15。

罗阳轰然倒地，连死亡也变得格外高贵！

罗阳的悲壮殉职，让人们想起了那一位位同样值得尊敬和怀念的、用生命托起中国航空事业的先驱们——

就在40年前，沈飞公司第一任总工程师高方启，为了歼6战机的研制，为了祖国蓝天的安宁，高方启含辛茹苦、呕心沥血，没日没夜地坚守在生产现场，带领技术人员一次次地攻关克难，因劳累过度，突发

2012年11月21日上午9时58分 罗阳在舰上

心梗，倒在了新机研制生产线上……

历史竟然是如此相似！

同样值得尊敬和怀念的，还有我国航空发动机科研事业的开拓者、奠基人之一吴大观。他说："我们的祖国经历了太多的苦难。我在美国、欧洲都有过学习、生活和工作的经历。我能够体会到，国家贫弱，人民就会被看不起，就会受到歧视。我想，在优秀的中华儿女心里，想到的也应该是要用自己的聪明才智、用自己学到的知识、用先进的科学技术把我们的国家建设强大。"在他93年的生命历程中，有68年是为航空工业在奋斗，创下了我国航空工业的9项"第一"。吴大观一生的拼搏，就是要为中国的飞机安上"中国心"。吴大观胸中跳动的也正是一颗珍贵的"中国心"，他把自己的命运与祖国的命运紧密联系在一起，把祖国的需要作为自己的需要，把改变中国航空事业的落后作为毕生的追求。吴大观始终站在时代的潮头，在国家建设中显示才华，他的奉献已经汇入民族复兴的洪流。2008年，92岁高龄的吴大观对来探视的人们一次次说："我已经就要去见马克思了。看着窗外的蓝天白云，我就想，天空多么美、多迷人啊！我是看不到我们自己的大飞机装着我们自己的发动机飞上祖国的天空了。但我相信，总有那么一天……"

同样值得尊敬和怀念的，还有成飞原总经理、总工程师、歼10飞机研制现场总指挥杨宝树。歼10是共和国军工战线科研人员花费近20年心血磨砺的一把捍卫国家安全的利剑。在研制现场，杨宝树号召成飞公司的共产党员："身先士卒，冲锋在前，决不能让型号试制的列车在我们的装配线上晚点！"谁也没有想到，无情的病魔正悄悄向他袭来。在歼10进入试制关键时刻的1995年4月，没日没夜长期奋战在生产第一线的杨宝树被查出患有肺癌，在生命进入倒计时之际，他与时间展开了赛跑，他像一名受伤的指挥员一样，依然坚守在阵地上。1998年3月23日，歼10直插蓝天，在人们庆贺首飞成功的欢呼声中，已陷入深度昏迷之中的杨宝树，仍在梦中轻声自语："……飞起来……拉高！再拉高……"1999年9月9日，杨宝树永远离开了他挚爱的航空事业。

同样值得尊敬和怀念的，还有徐舜寿、黄志千、陆孝彭……

他们以自己高尚的品格告知世界，什么叫尊严、勇气，什么叫傲然屹立。他们用生命诠释了航空报国的伟大宗旨，用身躯践行着强军富民的神圣追求！

正是以徐舜寿、黄志千、陆孝彭、吴大观、杨宝树、罗阳为代表的一代一代航空人的前赴后继，继往开来，中国航空工业才能够在60年的征程中，竖起一座又一座不朽的丰碑，在祖国的海天之间筑起钢铁长城！有了这样的一批人，我国国防现代化建设才能不断发展壮大！

"人生的最大的快乐，莫过于在最艰难的时候改造国运。"诚如李大钊所言的那样，为了"改造国运"，罗阳与所有的航空人、与所有的科技知识分子们，总是紧盯着世界最为前沿的科技，前倾着身子，甩开步子，在紧追、在迅跑……

有了他们，"中国梦"再也不是梦想！

我们对着大海呼喊

罗总，你在哪里？

海涛滚滚：他刚离去，他刚离去

辽宁舰见证了你的呕心沥血

航空的忠魂

在海天间竖起了一座永恒的丰碑

我们对着蓝天呼唤

罗总，你在哪里？

白云盘旋：他刚离去，他刚离去

舰载机完美升空是你生命的托举

燃烧的赤诚

让刀尖上的舞蹈震撼世界

第十章　英魂永驻海天

罗总，你在哪里？

你可听到，海天间航母为你鸣笛

你可看到，祖国为你扼腕叹息

忘不了经历的风风雨雨

忘不了攻坚的点点滴滴

你的足迹印在了沈飞的每寸土地

罗总，你在哪里？

你殚精竭虑创新超越无私奉献

你的忠骨化成民族的不屈之魂守护碧海蓝天

你可知道

你的优秀品质你的可贵精神传遍神州

成为一种铸就航空利剑的法宝

沈飞人正向着你未竟的事业

努力努力再努力

这是沈飞公司员工的心声，是50万航空人从心底放飞的壮歌。

在这个悲情翻滚的夜晚；

在这个激情燃烧的夜晚；

在这个精神永驻的夜晚——

在沈飞公司，在沈阳所，在中航工业，在祖国广袤的大地上，人们是来为罗阳送行的。同时，他们也在送行雷锋、焦裕禄、孔繁森、钱学森……

他们是在怀念一种精神；

他们是在呼唤一种品格。

祖国终将铭刻那些奉献于祖国的人！

祖国需要更多像罗阳这样实干兴邦的儿子！

国家的儿子

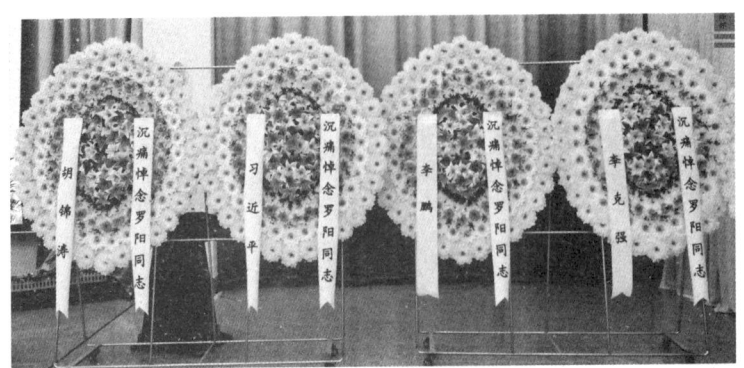

沉痛悼念罗阳

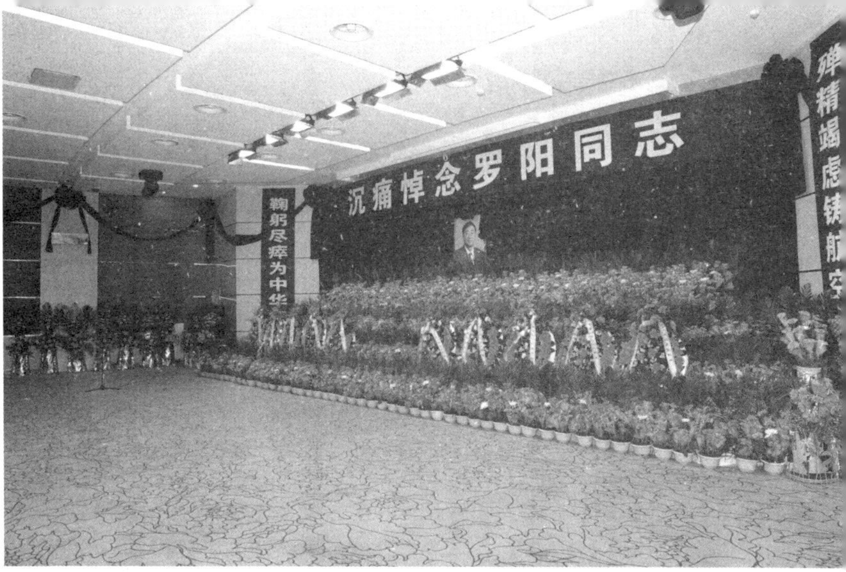
沉痛悼念罗阳同志
鞠躬尽瘁为中华
殚精竭虑铸航

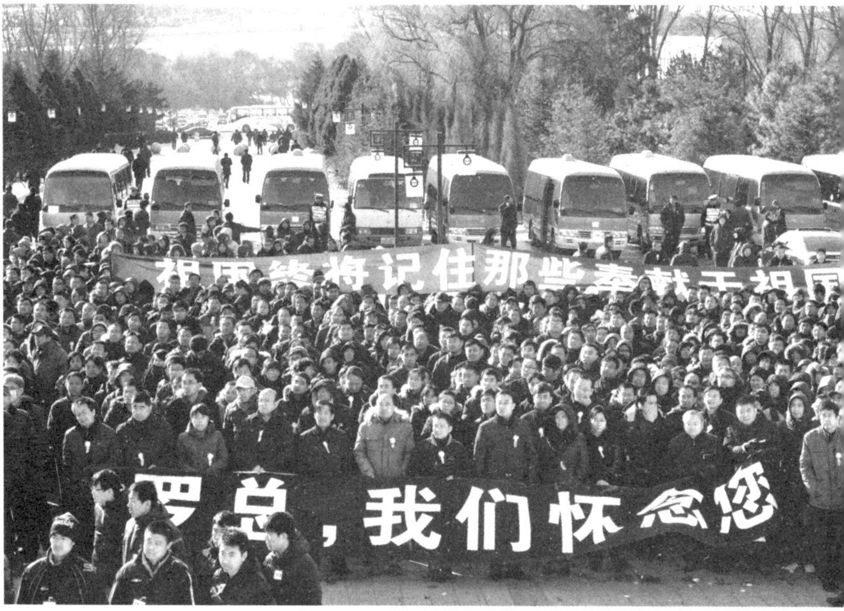
罗总，我们怀念您

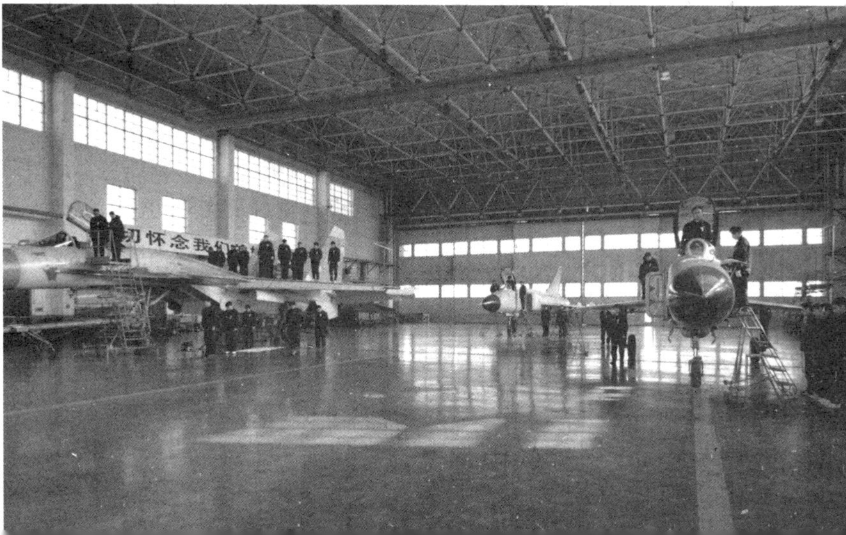

后记
我收获了一份精神

2012年11月25日，我在外地出差。早晨，习惯性地边收"听"电视新闻，边浏览报纸。忽然，屏幕上出现一架战机，从长空呼啸而过，震天动地的轰鸣声立刻吸引了我的目光。战机如同雄鹰般潇洒地环绕着辽宁号航空母舰盘旋，随后，迅速下滑……500米……300米……100米……只见特写镜头中战机的两个主轮触碰到航母甲板，随即，从机腹下伸出一个铁钩，牢牢钩住了甲板上的铁索。滑行数十米后，"雄鹰"平稳地栖息在航母的怀抱中。

紧接着，传来了播音员兴奋的欢呼："成功啦！成功啦！这是中国自主设计生产的舰载战斗机第一次在辽宁舰成功着舰……"

于是，那一整天的话题都没离开过辽宁舰和舰载机。因为我是海军，大家纷纷向我表示关注和祝贺。

万万没有料到，隔天清晨，同样是收"听"新闻，传来的却是歼15舰载机试验现场总指挥罗阳不幸殉职的噩耗。"歼15舰载机"，那不正是我们昨天的话题焦点吗？罗阳，那不正是"雄鹰"的"父亲"吗！荧屏里，我看到了罗阳离舰时的画面，疲惫而悲壮的微笑，给我留下了极为深刻的印象，"雄鹰"失去了"父亲"，我却记住了一个名字：罗阳。

12月11日，我接到中国作家协会创联部孙德全主任的电话："中国作协准备组织一个采访团，赴沈阳采访罗阳事迹，你能参加吗？"我想都没想,脱口而出:"我参加!"或许因为罗阳指挥研制的舰载机与海军有关,我这位海军作家成为了采访团的团长。

12月12日下午,我们搭乘的航班一次次因为天气原因延时,傍晚时分,终于着陆沈阳桃仙机场,迎接我们的是一个银装素裹的冰雪世界。进入市区,我注意到,从眼前驶过的一辆辆出租车显示屏上赫然滚动着字幕:"罗阳,沈阳为您而骄傲!"

采访团共9名团员,都是第一次踏进航空这个陌生的领域。晚上召开了采访协调会,第一件事便是签订保密协议,更使得这次采访带着几分神秘与神圣。

除了平时出差乘坐民航客机,我对航空界也是知之甚少,甚至还把航空与航天混为一谈。

几天的密集采访,几乎走遍了沈阳飞机设计研究所和沈飞公司的每个角落,我的感受可以用两个字来概括——震撼。航空工业对于国家的经济发展和国防建设至关重要,航空母舰对于中国百姓更是百年期盼。2012年9月25日我国的第一艘航母正式下水,举世瞩目;短短几个月后,我国自主设计生产的舰载机成功着舰,更使国人振奋。罗阳,是航空人的代表,是当代知识分子的典范;罗阳,更让我们注目到他身后那支默默无闻的团队为共和国所创造的卓越功勋。

正如中航工业集团公司董事长林左鸣所说:"怎么评价他(罗阳)都不过分。"

从沈阳回京后,我写下万字报告文学《悲壮罗阳》,发表在《人民海军报》和《文艺报》上,向罗阳敬献上一只心灵的花篮。

按说,关于罗阳的写作任务已经完成了。

可是,一切又在冥冥中继续——接下的日子里,罗阳疲惫而悲壮的微笑时常浮现在我的脑海中,我的心依然牵挂着他,成为一种不可名状的"罗阳情结"。我隐约感到,对于一个作家来说,这或许可以称为"创作冲动"。

这回是我主动向中国作协请缨:为罗阳写本书。

有朋友关切地问:"罗阳?他值得你花这么大心血吗?"

多年来,当对一个写作题材有了自己独特的判断之后,我通常不愿再做过多的解释。

一位评论家说过,每个时代,总是存在一些让人们最感焦虑和痛苦的问题。这种包含着时代重大问题的题材,可以称之为"时代的迫切性题材"。与这些题材相关的人物与事件,不仅严重而普遍地影响了人们的生活,改变了人与人之间的关系,而且深刻地改变了一个时代的社会风气,改变了人们的道德意识和行为方式,甚至改变了历史的前行方向。如果一个时代的作家,或是由于无知,或是由于恐惧,或是由于傲慢,而无视或者逃避这样的题材,就是失职和失败的。

罗阳精神激发奋进力量,罗阳精神引领着时代浪潮,我以为,罗阳就属于"时代的迫切性题材"。对于罗阳这样的"时代的迫切性题材",我怎能"无知"与"傲慢"?更不能"无视"与"逃避"!

于是,我再一次走近罗阳。

报告文学是用双脚"走"出来的。能不能把罗阳这部长篇报告文学写好,深入生活、认真采访是首要任务。从去年12月至今年3月,我"走"遍了罗阳曾经就读的北京航空航天大学,罗阳的上级单位中国航空工业集团,罗阳工作过的沈阳飞机设计研究所、沈阳飞机工业集团有限公司……

我寻找着一个个和罗阳有关的人物,对七八十个采访对象做了详细缜密的访问。还有,航空工业领域里那些深奥又繁杂的设计、生产过程,一个个生疏而又艰涩的专业名词,都是我需要为写作而"攻坚"的。更重要的是,我必须尽快走进航空人的精神领域,透彻地去感受和了解罗阳的情怀。

接待方也被我"较真"的态度感染了。沈飞公司宣传部领导说:"这些日子到公司来采访的媒体非常多,但记者一般待两三天就走了;有几位说是搞影视的,开了三个座谈会,看了几部资料录像片,住了几天也走了。唯独你这位作家,没完没了地找人谈,上午谈,下午谈,晚上接着谈,有些事情连我们都没听说过,你都想方设法'挖'到了,我算是服了。"我半自嘲地回答:"报告文学作家是最没本事的,不会虚构,也不敢想象,只能够照实写来。不掘地三尺,素材从哪来?"

大量的访谈,疯狂地翻看中国航空史,精心浏览《中国航空工业院士丛书》,我才慢慢了解,为了赶超世界先进水平,一代又一代的航空人是如何披肝沥胆,无私奉献的:罗阳从来不是孤立的,罗阳是这个群体的代表;正因有无数像罗阳一样优秀的中华儿女,他们无怨无悔、前赴后继的拼搏和牺牲,才有了历经磨难却始终屹立在世界民族之林的伟大祖国。

写人物报告文学,最希望有故事,有故事才有看头;写英雄人物的报告文学,尽量要找到他们身上的闪光点和"缺憾",闪光点是精神的反映,而有"缺憾"人物才显得鲜活和真实。但在实际采访中,最令人挠头的是,许多被访者都说"罗阳没有故事"、"罗总身上找不到缺点"。慢慢地,我也琢磨清楚了,正是罗阳的"没有故事"和"没有缺点",才使得我笔下这个平平淡淡、默默耕耘的罗阳更真实、可信。

报告文学是一种纪实性创作,"真实性"是报告文学的生命。然而,何为"真实"?你的所见、所闻就是真实的吗?纷繁复杂的社会会屏蔽掉多少真实的感官信息!那么多关于罗阳的素材,哪些是真正属于主人公的,要细细甄别,不允许失误,哪怕是一个细节的偏差,都会给人物的塑造带来"伤害"。

《国家的儿子》初稿中,杨圣杰为了帮小孙子找工作,给罗阳送礼那一段,原来是这样描写的:

"罗总,给您添麻烦了……这里是两万元……"说着,杨圣杰从口袋里掏出一个小信封。

罗阳的脸色忽地变了,"您这是什么意思?"

杨圣杰支支吾吾道:"我不是给您的,是给您手下的工作人员的……"

"杨师傅，在您的心目中，我罗阳的人格就值这两万元吗？"罗阳满脸严肃，他钻进车里，把车门"嘭"地一关，走了。

我将初稿寄给罗阳的夫人王希利，请她提提意见。几天后，她在电话里问我："黄老师，当时杨师傅是怎么向您表述这件事的？是不是明确说'罗阳很不高兴，钻进车里，把车门重重地一关就走了'？"我想了一下，说："这倒没有，他只说罗阳没有收钱。我自己觉得这件事很伤罗阳的自尊，罗阳'把车门嘭地一关，走了'，是想通过这样的描写，来反映罗阳心中的不愉快。"王希利说："不会的，凭我对罗阳几十年的了解，即便他当时心里不高兴，也会控制住自己的情绪的，他会设身处地为老人着想，会体谅老人的不得已。这时候，他最多只会说：'老人家，您怎么能这样？'他绝对不会'重重把车门一关就走了'。因为他怕老人尴尬，伤了别人的自尊心。永远都在为别人着想——这就是罗阳！"我说："我明白了。"

于是，我将这一小段，做了逐字逐句的修改：

"罗总，给您添麻烦了……这里是两万元……"说着，他从口袋里掏出一个小信封。

罗阳有些不解，"您这是什么意思？"

老人支支吾吾："这是点心意，不是给您的，是给您手下的工作人员的……"

"杨师傅，您怎么能这样……"罗阳心里挺难受，但他没再说什么，怕老人尴尬，他匆匆钻进汽车，又不忘摇下车窗，朝老人招了招手。

我再一次体会到，报告文学创作是"戴着镣铐在跳舞"。

从事了30多年报告文学创作，采访过数不清的人物，罗阳是我主

后 记

动想写、主动要写且让我有饱满的动力去写的人物之一。写作的过程，其实也是一个净化心灵的过程。当今社会，物欲横流，罗阳却生活得如此沉着和淡定，他是个超功利、超世俗的人。他所看重和被当成信仰一样终生追求的航空事业，是关乎国家和民族兴衰的大业。一个有信仰的人，往往活得超越和纯粹。高山仰止，罗阳不愧为一座厚重的"高山"。

感谢中国作协将如此厚重的题材交与我；

感谢中航工业集团公司、中航工业沈飞公司、中航工业沈阳所的支持；

感谢辽宁省委宣传部、春风文艺出版社对罗阳的关注和对我本人的信任；

感谢文学界的几位老师和挚友，看了初稿之后，他们给予充分的肯定并提出宝贵的修改意见。

书稿终于付梓，我长吁了一口气，内心依然还在为罗阳感慨和激动着。创作《国家的儿子》的过程，我奉上了一份缅怀和崇敬，收获的，却是一份精神！

2013 年 8 月大暑
完稿于北京海军大院

主要参阅书目

《中国航空大事记》（1951—2011） 航空工业出版社
《神鹰凌空——中国航空史话》
　　　　　　　　　　孟赤兵 李周书编著 北京航空航天大学出版社
《中国航空工业老照片》（1—4） 航空工业出版社
《中国航空工业人物传》 航空工业出版社
《甲子春秋》 中航工业沈阳飞机工业（集团）有限公司
《永远的中国心——吴大观先进事迹报道集》 航空工业出版社
《我的飞机设计生涯》 顾诵芬口述 师元光整理 航空工业出版社
《用一生创造飞翔——著名飞机设计师陆孝彭的传奇人生》
　　　　　　　　　　　　　　　　　　　许珊著 航空工业出版社
《一路前行——飞机设计专家李明》 袁新立编著 航空工业出版社
《情志蓝天——记中国科学院院士李天》
　　　　　　　　　徐德起 李晓滨 杨洋编著 航空工业出版社
《"凤"舞蓝天——记中国工程院院士杨凤田》
　　　　　　　　　　　　　　　王树棕等编著 航空工业出版社
《鹰击长空——歼10总设计师宋文骢的传奇人生》
　　　　　　　　　　　　张杰伟 舒德骑著 航空工业出版社
《中国飞机设计的一代宗师——徐舜寿》
　　　　　　　　　　顾诵芬等编 师元光主笔 航空工业出版社
《回忆与思考——刘鸿志回忆录》 刘鸿志著 航空工业出版社
《罗阳的故事》（1—2） 中国航空工业集团公司编
《沈飞骄子》 中航工业沈阳飞机工业（集团）有限公司编
《航空梦 复兴梦》 中航工业沈阳飞机工业（集团）有限公司编
《海军司令刘华清》 施昌学著 长征出版社

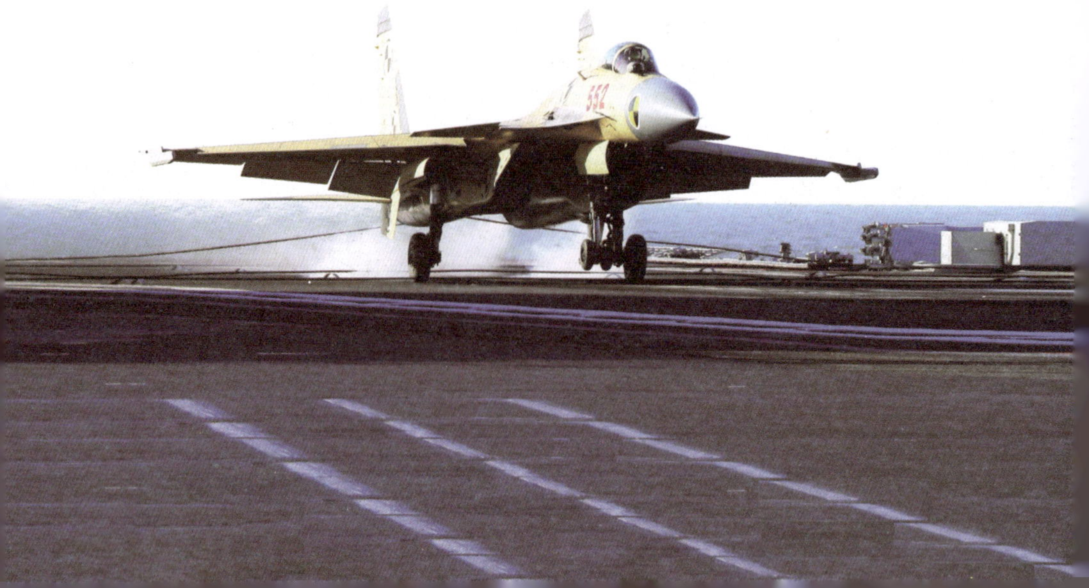
552